탈
환

이동은 지음

SF소설집

# RECAPTURE

# 탈환

에디스코

차 례

# 탈
# 환

류는 미간을 찌푸리며 잠에서 깨어났다. 단단한 돌에 머리를 찧은 듯했다. 물론 두통은 오래가지 않을 것이다. 정작 문제는 통증이 머물다 간 자리를 메우는 불안함이었다. 류는 주머니에 넣어둔 지갑을 분실했을 때처럼 허둥지둥 마르고 평평한 가슴을 더듬다가 길게 한숨을 내쉬었다.

"뭐야? 또야?" 아내가 이불 안에서 몸을 뒤척이며 물었다. 아직 잠에서 빠져나오지 못한 목소리였다. "한 번 더 가봐."

그래야겠다. 류는 카드 결제 내역으로 지난번 병원 방문 날짜를 찾아보며 생각했다. 남들은 기껏해야 일 년에 한 번, 길면 삼 년에 한 번씩 검진을 받는다지만 모든 사람이 똑같을 순 없는 노릇이다. 그리고 아무리 노련한 전문가들과 정밀한 기계라 하더라도 가끔은 실수를 하기 마련이다. 그런 사소한 의료사고는 언제든 있을 수 있다.

아내는 매일 아침, 늘 그렇듯이 아직 눈도 제대로 뜨지 못한 채 류의 얼굴을 쓰다듬으려 손을 뻗었다. 아내의 손은 솜털처럼 부드러웠다. 아내의 행동 중 가장 마음에 드는 버릇이었다.

류는 부엌으로 걸어가 아내와 자신을 위한 커피를 만들었다. 커피포트의 스위치를 누르고 물이 끓을 때까지 류는 거실 소파에 기대앉았다. 그리고 다시 한 번 미소를 지었다. TV 위에도 거실 벽에도 장식장 안에도 그를 기분 좋게 하는 사진들이 자리하고 있었다. 사진 하나하나에 과거의 좋은 추억들이 고스란히 숨을 쉬고 있었다. 류는 아내와 함께 찍은 사진을 바라보았다. 웃을 때는 저런 표정이구나. 막 내려진 커피향이 차분한 대기의 흐름을 타고 집안을 가득 채워나갔다.

이만하면, 이라고 생각하자 저절로 콧노래가 나왔다.

그러니까, 이 잠깐의 통증과 불안은 그리 큰 고민거리가 아니었다. 누구나 본의 아니게 겪는 사건이 있게 마련이다. 견디지 못할 것 같은 기억은 지워버리면 그만이다. 그러면 다시 모든 게 완벽해지는 것이다.

류는 처음 기억을 지우러 갔던 때를 떠올리려 했으나 대신 웃음이 터져 나왔다.

"시끄럽잖아." 아내가 흐트러진 머리를 긁적이며 방에서 걸어 나왔다.

하지만 류는 웃음을 멈출 수 없었다. 생각날 리 없다. 류의 머릿속에선 이미 그 기억이 지워져 버렸다. 그러니 생각날 리 없다. 기억을 뽑아내고 난 뒤, 그 기억이 무엇이었는지 환자에게 알려주는 일도 철저히 금지되어 있다. 무의식에 숨어 있는 기억을 보는 순간 그것을 자각하게 되고, 기억을 뽑아낸 치료는 무의미해져 버리기 때문이다. 그럼 처음부터 다시 시작해야 한다. 또한 기억을 확인했던 기억도 제거해야 한다. 시간도 비용도 두 배로 늘어난다.

류는 TV 전원을 켰다. 인간인지 AI인지 구분하기 힘든 남자 아나운서가 요즘 한창 진행 중인 중동전쟁에 대한 소식을 전하고 있었다. 어제 날짜로 우리 편 사망자가 1,001,305명이라고 했다. 중동전쟁은 정부의 계획대로 착착 진행되고 있었다. 누구도 전쟁에 대해 불만을 제기하지 않았다. 중동전쟁은 이제 하나의 스포츠 이벤트나 마찬가지였다. 한 가지, 유일한 걱정거리는 전쟁이 갑자기 끝나버리는 것이었다. 그럼 균형을 맞추었던 경제가 한순간에 무너져 내릴 것이다. 그리고, 기억을 배설할 공간을 잃는다. 상상만으로도 소름 돋는 일이다. 그런데, 인류가 전쟁을 멈춘 적이 있던가.

류는 아내가 양손에 들고온 커피를 건네받았다. 그러고는 한쪽 팔로 아내를 끌어안았다. 그래, 지금, 이 순간, 이 기분, 이 느낌으로 살아가는 거다!

오늘도 기억을 지워 우리 군의 병력을 지원해 줘야겠다고 생각하니, 류의 입가에 작은 미소가 드리워졌다.

"어이, 류! 오늘은 기분이 어떠신가?"

신문을 읽던 이발사 K가 류를 반갑게 맞이했다. K는 머리카락이 새하얗고, 숱도 별로 남아 있지 않았지만 어디 하나 흐트러짐이 없었다. 이마에 주름은 깊지만, 아직 허리가 구부정하지도 다리를 절지도 않았다. K는 인물 도안집에서 가위로 깔끔하게 오려낸 종이 사람 같았다. 그가 걸을 때마다 잘 다림질된 옷에서 나는 사각거리는 소리는 새하얀 눈을 처음 밟을 때 나는 뽀드득 소리만큼이나 류가 좋아하는 소리였다.

류는 언제나 첫 손님이었다. 어느 이발소도 열지 않은 시간에, 정확히 말해 자신 외에 누구도 없는 시간에 류는 머리를 다듬길 원했다. 동네 이발사 중 K만이 마침 잘 됐군, 늙으니 아침잠이 없어져서, 라며 류의 제안을 흔쾌히 승낙했다.

"늘 그렇죠." 류가 대답했다.

"좋은 일이군, 좋은 일이야. 하긴 나쁜 일이란 있을 수 없잖은가."

K가 크게 웃음을 터트렸다. 그의 웃음은 언제 들어도 자신

만만하고 상쾌했다. K가 거울 앞으로 걸음을 옮기려 하자 류가 손을 들어 말렸다.

"아뇨. 오늘은 필요 없습니다."

K는 고개를 끄덕이고 다시 류 앞에 돌아와 앉았다. 그도 잘 알고 있었다. 류가 머리를 만지지 않는 날은 기억을 지우러 가는 날이라는 걸.

"백만이 넘었답니다. 우리 편은 누구도 죽지 않고 전쟁을 할 수 있다니, 대단하지 않습니까. 상대편에겐 안된 일이지만 어느 국가에서 태어나느냐는 각자의 운명이니까요." 류가 말했다.

"복제인간에게 사람들의 슬픈 기억을 넣어 전쟁터에 보낸다." K는 탁자 위에 놓인 신문을 보며 말했다. "목적은 단지 전쟁을 끝내지 않는 것이니 이길 수 없는 병력을 끊임없이 보낸다."

"정말 굉장한 아이디어 아닙니까. 그 덕에 군수산업을 주로 하는 우리 국가의 경제는 안정되고, 범죄율도 매해 감소하고, 사람들은 쓸데없는 감정에 휩쓸리지 않죠." 류는 동의를 구하며 K를 바라보았다.

"그나저나 다녀온 지 얼마 안 되지 않았나?"

"아! 기억이 잘못 지워진 것 같아요. 아니면 덜 지워졌거나." 류가 대답했다.

"뭐든 흔해지면 나태하기 마련이지. 처음 시작할 땐 지원자를 구하지 못해 안달이더니만…… 여기, 오늘 신문은 봤나?"

"전쟁 얘기요?"

"아니, 또 탈영을 했다더군. 그 위험한 물건이 말이야." K는 모자를 고쳐 쓰듯 손바닥으로 자신의 단정한 머리카락을 차분히 눌렀다.

"아직 사람을 죽인 적은 없잖습니까. 그리고 인간도 아닌 것들이 인간을 죽인다니 말도 안 되는 소리죠. 사실 그것들은 그저 전쟁 소모품 정도잖아요." 류가 목소리를 높이자 K는 고개를 끄덕였다.

"하지만, 역시 위험한 물건이야. 어쨌든 전쟁터로 가는 물건이었으니까. 혹시 모르니 잘 피해 다녀야 한다고. 명심해."

가끔씩 K에게 듣는 잔소리는 왠지 마음 한편을 따뜻하게 만들어 주었다. 류는 K가 마치 아버지처럼 느껴졌다. 아버지에 대한 기억은 없지만 자신의 아버지는 분명 K와 같은 분이었을 거라고 류는 생각했다. 하지만 역시, K의 말처럼 탈영병의 존재가 위협적으로 느껴지지는 않았다. 류는 K가 신문에 정신이 팔린 사이 몰래 입술을 삐죽였다.

류는 회복실에서 눈을 떴다. 기분이 상쾌했다. 머릿속이 한결 가벼워졌다. 어쩌면 기억이라는 것도 무게를 갖고 있을지 모른다는 생각이 들었다. 류는 눈을 돌려 회복실 벽에 걸린 시계를 바라보았다. 오후 1시. 류는 다시 눈을 살며시 감았다. 국가가 관리하는 이 병원은 정말 국가의 모토—국민에게 평화와 안정을—에 충분히 부합하는 곳이었다. 푹신한 침대, 자연보다 더 자연다운 시뮬레이션 공간, 그리고 언제 들어도 마음이 편안해지는 애국가. 직장에도 미리 연락을 취해 놨으니 앞으로 두어 시간 정도는 더 여유가 있었다. 남아 있는 기억들이 류를 기분 좋게 했다. 어린 시절 키우던 강아지. 변호사로서 처음 승소한 재판. 그리고 아내와의 잠자리. 꿈이라도 이보다 좋을 순 없을 것만 같았다. 뭔가 조각난 것 같기도 하고 이가 빠진 것 같기도 했지만 나름대로 기억들은 잘 조합되어 멋진 하나의 삶을 만들고 있었다. 류는 조금만 더 이 기분을 누리고 싶었다. 눈을 감고 가만히 누워 있으니 회복실 밖 대화가 조그맣게 들려왔다.

"누구의 기억이래?"

"응? 아, 탈영병? 곧 연락이 오겠지."

"군의관님……" 말소리가 작아졌다.

류는 귀를 쫑긋 세웠다. 호기심이 일었다. 모든 사람의 기억이 이 병원을 거쳐 가니 탈영병의 신원도 이곳에 보고되는 것이 당연했다. 탈영병이 누구의 기억으로 프로그램되어 있는지를 알게 되면 그만큼 체포도 손쉬울 것이다.

"류……"

순간, 류는 눈을 번쩍 떴다. 반면, 회복실 밖 대화는 툭, 끊어졌다. 어색한 침묵이 흐르더니 다시 대화가 이어졌다. 하지만 이번엔 정말 웅얼거림으로밖에 들리지 않았다. 잠시 후 문이 열리고 그들의 발걸음 소리가 점점 가까워졌다.

"류 씨!"

류는 방금 잠에서 깨어난 것처럼 몸을 벌떡 일으켜 의사를 바라보았다.

"문제가 생겼습니다."

젊은 의사였다. 그의 뒤로 노란 완장을 찬 군의관과 환자 차트를 들고 있는 간호사가 서 있었다. 젊은 의사가 옆으로 비켜서자 군의관이 앞으로 나섰다.

"이미 뉴스를 통해 알고 계시겠지만 오늘 새벽 기억 하나가 또 탈영했습니다." 군의관은 류 몸집의 두 배는 되어 보였다. 의사 가운도 단추를 채우지 않고 군복 위에 망토처럼 대충 걸치고 있었다. 체격만큼이나 두툼한 목소리가 말을 이었다.

"그리고 그 탈영병이 류 씨의 기억으로 만들어진 복제인간이라는 게 밝혀졌습니다."

군의관은 잠시 말을 끊었다. 류는 아무 말도 하지 못하고 군의관의 다음 말을 기다렸다. 군의관은 류의 굳은 얼굴을 보고는 옅은 미소를 띠었다.

"별거 아닙니다. 그냥, 그렇다는 겁니다. 저희에겐 보고할 의무가 있거든요. 이 사실을 알려드리는 건 그저 예방 차원입니다. 류 씨가 탈영병과 마주칠 수도 있는 경우를 대비하는 거죠."

"제 기억이라고요?" 류는 여전히 자신에게 무슨 일이 벌어진 건지 제대로 파악하지 못하고 있었다. "그게 제 기억이면, 그럼, 마주치면 어떻게 하죠?"

"어떻게 하냐고요?" 군의관은 그런 멍청한 질문은 처음 듣겠다는 얼굴을 하고는 거침없이 대답을 꺼내 놓았다.

"죽여 버리면 됩니다."

류는 깜짝 놀라 침대에서 떨어질 뻔했다.

"저런!" 군의관은 류의 기분 따윈 전혀 개의치 않고 거칠게 웃음을 터트렸다. "그렇게 놀라실 것 없습니다. 인간이 아닌걸요."

"그렇더라도 그건 전쟁에 내보내기 위해 만든 전쟁 기계 아닙니까. 저 같은 평범한 사람은 되레 당할 수도 있지 않습니까?"

"농담하시는 거죠?" 오히려 놀란 쪽은 군의관인 듯했다. 그는 함께 서 있는 젊은 의사와 간호사를 향해 의심 가득한 눈초리를 던졌다. 혹시 자기가 류의 농담에 놀아나는 건 아닌지 확인하고 싶은 것 같았다. 젊은 의사와 간호사가 우물쭈물 눈을 내리깔자, 그는 다시 확신에 차 헛웃음을 흘렸다.

"그건 절대 불가능한 일입니다."

"어떻게, 그렇게 단정하시죠?"

"그렇게 되어 있습니다." 그리고 군의관은 걱정하지 말라는 말만 되풀이했다.

"저런, 걱정을 지우러 오셨는데 걱정을 만들어 드렸군요. 죄송합니다. 대신 오늘은 치료비를 받지 않겠습니다. 곧장 집으로 돌아가셔서 푹 쉬세요. 원하시면 수면제나 안정제를 처방해 드리겠습니다. 그리고 일이 마무리되면 꼭 다시 오세요. 오늘 기억까지 한꺼번에 깨끗이 지워드릴 테니까요."

군의관은 벌써 모든 일이 완벽하게 해결된 것처럼 짧게 손뼉을 치고는 뒤도 돌아보지 않고 회복실을 나섰다.

류는 침대에서 벌떡 일어섰다. 물어볼 게 있었다. 황망한 두 눈이 회복실 안을 두리번거렸다. 남아 있던 젊은 의사와 간호사는 류와 눈을 마주치지 않고 옷걸이에서 류의 외투를 집어 주었다.

"걱정할 건 없지만." 젊은 의사가 속삭였다. "조심하십시오."

그건 류가 듣고 싶은 대답이 아니었다.

"만나지 않으면 죽일 수도 없겠죠. 그렇지 않습니까?"

젊은 의사가 난감한 표정을 감추지 못하는 사이 간호사가 군의관이 나간 문을 힐끗 바라보고는 낮고 빠르게 속삭였다.

"만나게 될 거예요. 그렇게 되어 있으니까요."

젊은 의사와 간호사는 도망치듯 회복실을 빠져나갔다.

집으로 돌아갈 수는 없었다. 뭔가 잘못되어도 크게 잘못됐다. 반드시 만나게 될 것이라고 했다. 어떻게 그렇게 확신에 차서 말할 수 있는지 류는 도무지 이해할 수가 없었다. 그리고 죽여 버리면 된다니. 아무것도 잘못한 일이 없는데, 모든 것이 어긋난 기분이었다.

걸을 때마다 머리가 욱신거렸다. 난생처음 겪는 통증이었다. 아니, 처음이 아닐지도 모른다. 기억하지 못할 뿐. 류는 온몸에 공포라는 구정물을 뒤집어쓴 것 같았다. 집으로 돌아가 있으라고 했지만 그럴 수는 없었다. 집에 간들 달라질 게 없었다. 오히려 아내에게마저 걱정을 안겨주는 꼴이 될 것이 뻔했다. 류 자신의 삶에 있어 가장 소중한 사람, 아내에게만은 어떤 불안도 공포도 심어주고 싶지 않았다. 그리고 아내와 함께 있는 시간, 그 기억만큼은 단 1초도 지우고 싶지 않았다. 아니 그보다 더, 류는 아내에게서 자신의 기억이 한순간도 지워지지 않길 바랐다. 그럴 수 있다는 가능성 자체를 원천 봉쇄하고 싶었다. '과연 내가 나를 지킬 수 있을까? 나 혼자 나를 보호할 수 있을까?'

'죽여 버리면 됩니다.'

류는 한참을 머뭇거리다 결국 총포점 안으로 발을 들여놓았다.

류를 맞이한 건 작은 체구의 어린 여자였다. 금발로 염색한 단발머리에 큐빅이 잔뜩 박힌 머리띠를 하고 있는 점원은 손님이 들어오자 뽀얀 살구색 볼에 집어넣고 있던 막대사탕을 멜빵 바지 가슴 주머니에 집어넣었다. '저런 모습을 하고 총을 판다고?' 심지어 상점 안에 진열되어 있는 장총 중에는 여자의 키보다 더 큰 것들도 한가득이었다. 류는 절로 헛웃음이 나왔다. 그리고 곧 이게 이 가게의 마케팅 전략일 수도 있겠다고 생각했다. '총은 무서운 게 아니에요. 이런 저도 쏠 수 있는걸요. 빵야!' 류는 이미 점원에게 그 말을 들은 것만 같았다.

"환영합니다. 어떤 용도의 총을 고르시는 걸까요?"

점원이 들뜬 목소리로 인사를 건넸다.

"아, 그게."

류의 말이 끝나기도 전에 여자가 말을 가로챘다.

"사냥용? 아님, 페티시?"

류는 잠시 난감해하다가 대답했다.

"호신용이요."

"에이." 단박에 실망한 말투가 터져 나왔다. "시시하다!"
"시시하다고요?"
점원은 생글생글 미소를 지었다.
"호신용 총은 대부분 발사가 안 되거든요. 총 입장에선 한 번도 제대로 살아보질 못하는 거죠. 아마 총에게 생각이 있다면, '고작 이따위 쇠뭉치를 만들어 내려고 그 깊은 산맥에서 곱게 잠자던 나를 끄집어낸 거야?' 하고 불만을 터트릴 거예요. 안 그래요?"
"그건 페티시 용도 마찬가지 아닌가요?"
류는 남은 인생 동안 페티시라는 단어를 사용할 일이 얼마나 있을까, 생각하며 쓴웃음을 지었다.
"저런. 아저씬 정말 모르는구나. 페티시 총은 은근히 불을 많이 뿜어요. 사람은 흥분하면 쏘게 되어 있거든요. 물론 흥분해야 할 타이밍에 흥분이 안 되면 더 많이 불을 뿜지만."
"아뇨, 저는 정말 호신용이면 충분합니다!" 거짓말이었다. 류는 오늘 그것을 죽이게 될 것이었다. 류는 자기가 오늘 안에 그것을 죽일 거라고, 그렇게 되어 있다고 말하면 여자가 어떤 표정을 지을지 궁금해졌다. 류의 이마에 식은땀이 맺히기 시작했다.
"근데, 점원분은 총을 쏴 본 경험이 많은가 봐요? 총에 대해 모르는 게 없는 걸 보면."

"네? 저를 어떻게 보고 그런 말씀을 하세요?" 상냥하던 여자의 말투가 갑자기 사나워졌다. "저는 총기 규제를 찬성하는 사람이라고요!"

뜻밖의 말에 류는 혀를 내둘렀다.

"이렇게 총을 팔면서요?"

"그래야 총을 사는 사람을 만날 수 있잖아요."

"만나면요?"

"저주를 걸죠!" 여자의 얼굴이 다시 해바라기처럼 활짝 펴졌다. "다른 사람을 죽이기 전에 죽어버리라고!"

"저주가 걸려요?"

"걸리면 큰일이죠. 저주가 제대로 걸려서 그놈들이 죽어버리면 저도 총질하는 놈들이랑 다를 게 없잖아요."

류는 할 말을 잃었다.

"그런 말 많이 들어봤죠? 실수였다고. 실수로 죽인 거라고. 근데 총은 실수 같은 거 안 해요. 총으로 사람을 죽였다는 건 이미 방아쇠에 손가락을 걸었다는 거니까. 죽이려는 의지가 확실한 거죠. 호신용이라는 말도 다 헛소리예요. 총을 사면 반드시 사람을 죽이게 되어 있어요. 총은 갑옷이 아니에요. 방어용이 아니라고요. 사람을 죽일 수 있는 무기를 갖고 자기 몸을 보호하려면 당연히 상대를 죽이는 수밖에 더 있겠어요? 그러니까 아저씨도 총을 사는 순간 누군가를 반드시 죽이게 되어 있다고요. 아시겠어요?"

류는 '그렇게 되어 있다'라는 말에 다시 온몸에 소름이 돋았다. 류를 만나는 사람마다 류의 미래를 확신하고 있었다.

"아까 호신용은 불을 뿜지 않는다고 했잖아요? 그래서 시시하다고."

"그랬죠. 다들 그렇게 믿더라고요. 사람을 죽이기 전까진."

여자는 큰소리로 깔깔거렸다. 그러고는 잠시 숨을 고르고 어깨를 으쓱했다.

"자! 어떤 총을 보여드릴까요? 골라보세요!"

"맙소사. 그런 말을 해놓고는 총을 사라고 하면 총이 팔려요?"

"왜요? 다들 잘만 사던데요. 너 같은 년 때문에 사는 거라면서."

"하!"

류는 한 발 뒤로 물러섰다. 그러고는 두 손을 들어 항복 표시를 했다.

"아뇨, 저는 됐습니다. 저랑 총은 맞지 않는 것 같네요. 저는 정말 아무도 죽일 생각이 없거든요."

"정말요?"

여자는 진심으로 놀란 것 같았다.

"혹시 기분이 상해서 다른 매장에서 사려는 거 아니에요?"

"아닙니다. 절대."

"총을 안 산다? 그런 사람이 아니다?" 점원은 혼잣말처럼 질문을 던졌다.

"괜찮습니다. 미안해할 필요 없어요. 점원분 말이 다 맞아요. 오늘 들은 얘기는 꼭 기억해 둘게요. 절대 지우지 않겠습니다."

"아니, 그게 아니라요."

점원은 미간을 살짝 찡그렸다. 난감한 기색이 역력했다. 정신없이 한쪽 다리를 떨고 엄지손톱을 물어뜯었다. 누가 봐도 불만이 가득한 얼굴이었다. 어색한 몇 초가 흐르고, 여자가 버럭 소릴 질렀다.

"아이씨, 벌써 저주했거든요!"

"어허, 오늘은 정말 운수 좋은 날인걸. 반가운 손님이 두 번이나 찾아오다니!"

고민 끝에 류가 발길을 옮긴 곳은 결국 이발소였다. 역시나 K는 류를 누구보다 반갑게 맞아주었다. 손으로는 능숙하게 거울 앞에 앉은 노인의 머리를 손질 중이었다. 노인은 갈색 곱슬머리에 체격은 군인처럼 건장했다. 팔에 새겨진 특수부대 문신이 그가 직업군인이었음을 확인해 주었다. 머리숱을 치고 있는 것으로 보아 마무리 손질인 듯싶었다. 류는 대기용 의자에 앉았다. 한쪽에 켜져 있는 TV에선 탈영병에 대한 속보가 흘러나오고 있었다. 검문 범위가 점점 좁혀지고 있으며 체포는 시간문제라고 했다. 하지만 그 범위에 대해선 일절 언급이 없었다.

"내 애인이니 신경 끄시게." 거울을 통해 자꾸만 류를 훔쳐보는 노인을 K가 나무랐다.

"내가 뭘 어쨌다고 그래?" 하지만 노인은 류를 훔쳐보는 걸 멈추지 않았다.

"어허, 실례라고! 주책바가지 영감탱이야." K가 다시 한 번 핀잔을 주자 노인은 아예 두 눈을 질끈 감아버렸다.

애들 같은 노인들의 모습에 류의 입에서 피식 웃음이 새어 나왔다. 역시, 이발소로 오길 잘했다.

"그래, 일은 잘 마무리했고?"

노인의 목에 묻은 머리카락을 털어 내며 거울을 통해 K가 물었다. 류가 머뭇거리는 사이 다시 질문이 이어졌다.

"안색이 영 별론데?"

이발소 안에 K와 단둘만 있었다면 류는 망설임 없이 자초지종을 설명하고 조언을 구했을 것이다. K는 언제나 류의 편이니까. 실질적인 도움이 안 된다 해도 상관없었다. 어차피 백발의 노인에게 이발소 가위를 들고 자신을 대신해 그것과 싸워달라고 할 수도 없었다. K에게 도움을 청할 수 있는 부분이라곤 고작 이 모든 재앙이 끝날 때까지 은신처를 제공받고 답답한 속내를 털어놓는 정도일 것이었다.

류는 작게 헛기침을 하고는 눈짓으로 노인을 가리켰다. K는 더 이상 묻지 않았다.

“자, 머리 감는 법은 알지? 나이를 거저 처먹은 건 아닐 테니 말야.”

K가 노인의 어깨를 흰 수건으로 툭 치며 말했다. 노인은 툴툴거릴 뿐 K의 말을 고분고분 따랐다. K가 류를 향해 어깨를 으쓱하자 류의 입가에 다시 미소가 번졌다.

류는 망설였다. 조금만 기다리면 이발을 마친 노인은 이발소를 떠날 것이다. 어쩌면 여느 노인들과 마찬가지로 볼일을 다 본 후에도 K와 좀 더 수다를 떨고 싶을지도 모르지만, 이미 류의 마음을 눈치챈 K는 무슨 변명이라도 만들어 노인을 내보낼 것이 확실했다. 하지만 류는 그 짧은 기다림조차 힘에 겨웠다. 자꾸만 조바심이 났다. 그러자 노인이 머리를 감느라 시원하게 틀어놓은 물소리가 K와 은밀한 대화를 나누는 데 도움이 될 것도 같았다. 그 정도면 둘의 대화가 물소리에 묻혀 노인의 귀까지 가닿을 것 같진 않았다. 할 수 있을 것 같았다. 해낼 수 있을 거라고 생각하자 조바심이 더 빨리 채찍질을 했다. 어느새 곁에 다가온 K도 소리 없이 입 모양으로 무슨 일이냐고 묻고 있었다. 류는 작은 목소리로 입을 열었다. 하지만 도움이 될 거라 믿었던 물소리가 류와 K 사이도 가로막았다. K는 고개를 쭉 빼고 귀를 쫑긋 세우지만 류의 말을 제대로 알아듣지 못했다. 류의 실망한 표정을 읽은 K도 덩달아 안달하기 시작했다. K는 실타래를 감듯 가슴 위로 올린 손을 끊임없이 돌리면서 입 모양으로 한 번 더, 한 번만 더 말해보라고 류를 재촉했다. K는 류의 말을 알아듣지 못했다는 안타까움에 얼굴까지 새빨개지고 있었다.

"그러니까, 제 말은…… 그러니까 제 말은요……"

결국 류는 큰소리를 내고 말았다.

"탈영병이 바로 저라고요!"

물소리가 멈췄다. 그리고 시간이 정지한 듯 아무도 움직이지 않았다.

낭패였다. 하지만 그보다도, 류는 자신의 말이 잘못 전달되었음을 깨달았다. 류는 재빨리 자신의 말을 수정했다.

"오늘 탈영한 게 바로 제 기억이랍니다." 그러고는 병원에서 들은 이야기를 전하기 시작했다.

K는 류의 말을 진지하게 들어주었다. 샴푸실에서 나온 노인도 수건으로 머리를 털며 류와 K의 대화를 방해하지 않고 천천히 다가왔다. 류는 자기 이야기를 들어주는 사람이 있다는 것만으로도 이미 큰 위로를 받고 있었다. 왠지 이제까지 살아오면서 자신의 말을 이렇듯 진지하게 들어준 사람이 누

가 있었나 싶었다. 류가 말을 마치자 셋은 한동안 아무 말도 하지 않았다. 그 잠깐의 침묵이 오히려 더 힘이 되었다.

"세상이 변하니 이런 문제도 생기는구먼." K가 먼저 입을 열었다. "암튼 여기 이발소로 오길 정말 잘했네. 집으로 가봤자 무슨 수가 있겠나. 여기서 우리와 함께 탈영병이 잡힐 때까지 기다리자고."

"하지만 아무리 늦어도 퇴근 시간엔 집으로 돌아가야 아내가 걱정을……" 류가 말했다.

"걱정 말게, 걱정 마. 언제나 탈영병은 하루를 못 넘기고 다 잡혔잖나. 이번에도 마찬가지일 거야. 저녁쯤엔 다 해결될 걸세." K는 고개를 젖히며 호탕하게 웃었다. "그때까진 그냥 여기서 옛날얘기나 하고 있으면 되는 거야. 지루하진 않을 걸세. 추억을 얘기하는 건 늙은이들의 장기니까, 안 그래?"

K가 팔꿈치로 노인을 툭 건드렸다. 노인도 싫진 않은 듯 빙그레 미소를 지었다. K는 자리에서 일어나 그럼 오늘 장사는 이만 끝내야겠다며 문밖의 푯말을 closed로 바꾸었다.

"살면서 별의별 희한한 일을 다 겪는다지만 요즘 젊은이들은 이런 곤란도 겪게 되는군. 우리 같은 늙은이들로선 전혀 이해할 수 없는 일이지. 하긴 기억을 지운다는 것부터가 이해가 안 가는걸." 노인이 말했다.

"무슨 말씀이시죠? 그럼 어르신들께서는 기억을 지우지 않았다는 말씀인가요?" 류의 눈이 동그래졌다. "어떻게 그럴 수가 있죠? 그렇게 사는 건 너무 힘든 일이잖아요?"

"지금 자네 상황만 하겠나?"

류는 몸을 움찔했다. 그 모습을 본 K의 미간에 굵은 주름이 잡혔다.

"곤란을 겪는 사람한테 무슨 말이 그런가?" K가 노인을 나무라고 다시 말을 이었다. "부러워서 그런 거니 이해하게. 우리는 혜택을 받을 수 없었을 뿐이야. 우리가 자네 나이 때는 지금 같이 과학이 발달하지 못했거든. 그래서 살아가려면 어쩔 수 없이 사는 데 익숙해져야만 했지. 슬픔이나 분노, 괴로움, 고통과 맞닥뜨리는 것에 말일세. 그리고 불행히도 그 기술이 시행됐을 땐 이미 기쁨과 슬픔의 경계가 사라져 버렸지 뭔가. 하긴 그럼에도 불구하고 국가도 한때는 포기하지 않았었지. 하지만 결국은 포기할 수밖에 없었어. 하나의 기억을 잡아당기면 한 사람의 모든 기억이 송두리째 뽑혀 나왔거든. 기억을 송두리째 빼앗긴 친구들은 식물인간이 되거나 저세상으로 가버렸지. 국가를 원망할 수도 없었어. 대부분 위험을 무릅쓰고라도 자신의 기억을 지우고 싶어 했거든." K는 노인을 바라보며 말을 이어갔다. "이미 지난 일이야. 먼 옛날얘기지. 우린 그렇게 살아왔다는 거야. 자네와는 다르지. 암, 달라야지. 자네 나이가 가장 왕성하게 움직일 때 아닌가. 그럴 때 쓸데없는 고민에 빠져서 잠깐이라도 시간을 낭비하는 건 국가와 개인 모두에게 커다란 손실이지. 암, 그렇고말고."

"하긴 부럽기도 하군." 노인이 끼어들었다. "보란 듯이 살인을 저지르고도 깨끗이 잊어버릴 수 있다니."

"이 사람이 정말……."

"하지만 정말 죽이게 될걸? 그들이 그렇게 말했으니까."

K는 어쩔 수 없다는 듯 한숨을 내쉬었다.

"하지만 그들도 때론 실수를 하잖나. 게다가 우리, 아니 자네도 옆에 있고 말야. 오늘은 이 젊은이의 미래를 한번 바꿔보자고. 어때? 자네가 그토록 싫어하는 그놈들은 과거를 지우는 게 장기니, 이번엔 우리가 놈들이 장담한 미래를 지워보는 거야."

K가 또 한 번 팔꿈치로 노인의 가슴을 꾹 찔렀다. 그러자 노인의 굳었던 얼굴이 조금씩 펴지기 시작했다. 그러고는 재미있겠군, 이란 말을 반복해서 중얼거렸다.

"잠깐만 기다리게. 이러고 있을 게 아니라 내가 먹을 걸 좀 사 올 테니. 천천히 맥주나 마시면서 탈영병을 검거하는 과정을 TV로 지켜보자고."

K는 신이 난 듯 빠른 걸음으로 이발소를 나섰다.

어색한 분위기가 이발소 안을 맴돌았다. 류는 노인을 K처럼 생각하려 했지만 말문이 쉽게 열리지 않았다. 노인도 굳이 류와 말을 섞으려 애쓰진 않았다. 두 눈을 감은 채 팔짱을 끼고 탁자 위에 발을 올려놓은 모습이 마치 K가 돌아올 때까지 잠이나 자고 있겠다는 것처럼 보였다. 하지만 K가 없는 지금, 류는 이 침묵이 못 견디게 불안했다.

"어르신도 친구분을 많이 잃으셨나요?"

노인의 어깨가 움찔했다. 하지만 그뿐 노인은 눈을 뜨진 않았다.

"아…… 아, 죄송합니다." 류는 곧바로 사과를 건넸지만, 한 번 터진 입을 닫을 수가 없었다. "근데 정말 슬픔 같은 부정적인 감정에 익숙해질 수가 있는 건가요?"

낮은 신음과 함께 노인의 눈꺼풀이 스르르 열렸다.

"죄송합니다."

류는 사건이 종결되면 지금 노인과 함께 있던 기억도 말끔히 씻어버리리라 다짐했다.

"익숙해진다고? 웃기지도 않는군. 그건 익숙해질 수 있는 게 아니야."

노인의 한쪽 입꼬리가 살짝 올라갔다.

"자네 손 좀 줘보겠나?" 류는 내키지 않았지만 노인에게 손을 내밀었다.

"고운 손이군. 정말 더럽히기엔 아까운 손이야."

노인은 류의 손을 탁자 위에 올려놓았다. 그리고 그 위에 자신의 손을 가지런히 포갠 뒤, 순식간에 이발 가위로 손등을 내리찍었다.

류의 날카로운 비명이 이발소 안 곳곳을 찔러댔다. 하지만 노인은 쉽게 류의 손을 놓아주지 않았다. 탁자에 붉은 피가 넘쳐흐르고 얼굴이 눈물로 범벅이 된 후에야 노인은 손등에서 가위를 쑥 뽑아냈다.

"어때, 익숙해질 수 있겠나? 이 고통에."

류는 까마귀처럼 울부짖었다.

"미쳤어요? 무슨 짓입니까?"

노인은 아무 말도 없이 피가 줄줄 흐르는 자신의 손을 이발소 하얀 타올로 감쌌다. 그제야 류는 자신의 손뿐 아니라 노인의 손도 가위에 찔렸다는 사실을 깨달았다. 게다가 노인의 손이 류의 손 위에 있었다는 것도. 류의 손등에 난 상처는 가위에 살짝 찍힌 정도였다.

"알겠나?"

"어, 어떻게 그럴 수 있는 거죠?" 류는 귀신을 보듯 몸을 떨었다.

"고통에 익숙해질 수 있는 사람은 없어. 이겨내거나 체념할 뿐이지." 노인이 말했다. "기억을 지워버린다고? 그건 이겨내는 것도 체념하는 것도 아니야. 그저 일상이 된 습관이지. 그리고 진짜 상처는 지워지지 않아. 자! 이제 어쩔 텐가. 기억은 지워지겠지만 자네 손에 새겨진 상처는 흉터로 남을 텐데. 아마 죽을 때까지 수수께끼로 품고 살게 되겠지? 슬픔은 그런 거야. 왜인지, 자신이 왜 그랬는지, 왜 그런 일을 당해야 했는지, 죽는 날까지 묻고, 묻고 되묻는 거. 하긴 기억도 뽑아내는 마당에 손의 상처쯤이야 성형수술로 식은 죽 먹기겠군."

"그럼." 류는 조금씩 평소의 호흡을 되찾고 있었다. "어르신도 그런 슬픔을 가지고 계신다는 말인가요?"

노인은 류를 쏘아 보다가 이내 고개를 돌려버렸다.

"기억 제거 프로그램으로 친구들뿐만 아니라 자식마저 잃었네. 잘해준 것은 없지만 못 해준 것도 없다고 생각했는데. 아들에겐 그렇지 않았나 보네. 수소문 끝에 아들을 찾았는데 아들은 내 기억을 모두 지워버린 뒤였지. 아버지가 바로 옆에 있는데도 아들은 아버지를 알아보지 못하고 있네. 결국 아들 곁에서 아들 얼굴을 볼 수 있는 것만으로 만족해하며 살고 있지. 영원히 '왜?'라는 질문을 반복하면서."

노인은 다시 류를 노려보았다. 조금 전보다 훨씬 더 강하고 날카로운 시선이었다.

"자넨, 아버지에 대한 기억이 있나?"

류는 마른침을 간신히 삼켰다.

마침 K가 이발소 문을 열고 들어왔다. K는 피가 홍건한 테이블과 손에 부상을 입은 둘의 모습을 보고는 양손에 든 봉지를 내던지고 두 사람에게 달려들었다.

"이게 무슨 일이야? 혹시 탈영병에게 습격을 당한 거야?"

아무 말도 못 하는 두 사람에게 K가 다시 소리를 질렀다.

"어떻게 된 일이냐고?"

K는 구급상자를 가져와 류의 손에 정성스레 붕대를 감았다.

"저 친구가 오늘따라 왜 이러는지 모르겠군." 그러고는 노인을 흘겨보았다. "이봐, 류는 오늘 하루만 우리 신세를 지는 거라고. 내일부터는 다시 내 귀한 손님이란 말일세, 손님! 그리고 류의 손은 자네 손처럼 가짜가 아니란 말이야."

"가짜라뇨?" 류의 눈이 또 한 번 휘둥그레졌다. "분명히 손에서 붉은 피가."

노인은 머쓱한 표정으로 대답했다.

"윤활유 같은 거야. 꼭 피 같지? 그래도 통증은 진짜야! 너무 억울해하진 말라고."

노인은 괜한 헛기침을 하며 고개를 돌렸다. K가 노인을 흘겨보고는 말을 이었다.

"그나저나 정말 경찰들이 쫙 깔렸……."

K의 말이 끝나기도 전에 이발소 문이 부서지듯 열리며 그

것이 뛰어들었다.

"아버지!"

류와 K, 노인의 시선이 한 곳을 향했다. 다시 그것이 소리쳤다.

"아버지!"

그건 분명 '류'였다. 그것이 K의 품으로 뛰어들었다. 그리고 미친 듯이 K의 옷을 잡고 매달렸다.

"저라고요 저! 아버지!"

K는 자신의 옷을 잡고 있는 그것과 노인 옆에 새파랗게 질려있는 류를 번갈아 바라보며 허수아비처럼 서 있었다. 그리고 그것이 류와 서로 마주 보게 되었다. 그것의 얼굴은 눈물로 범벅이었고 눈은 빨갛게 충혈되어 있었다. 그것은 류를 보고는 바닥에 주저앉아 버렸다. 그러고는 전의를 상실한 패잔병의 살려달라는 애원처럼 '돌려줘'라는 말만을 계속 반복했다.

"제발 돌려줘, 제발……."

그 끔찍한 모습을 지켜보던 류는 고래고래 비명을 내질렀다. 그건 분명 자신이었다. 사라졌다고 믿었던 모든 슬픔이 바로 눈앞에 있었다. 한순간 한꺼번에 들이닥쳤다.

류는 그것에게 달려들었다. 노인은 너무도 기괴한 상황에 손가락 하나 움직일 엄두도 내지 못했다. 죽어버리라며 그것의 목을 조르고 머리를 짓이기는 류와 축 처진 채 눈물과 피가 뒤범벅된 얼굴로 '아버지'와 '돌려줘'를 반복하는 그것. K는 류와 그것의 모습을 지켜보며 마찬가지로 비명을 질렀다. 하지만 K의 비명 사이에는 '죽여버려!'라는 말이 섞여 있었다. 결국 K는 그것이 아닌 류를 선택한 것이다.

모든 상황이 종결되었다. 경찰과 군인 그리고 의사들이 이발소 안으로 들어왔다. 그것의 시체를 가운데 두고 노인은 한쪽 벽에 등을 기댄 채 멍하니 주저앉아 있었고, 류는 K의 품에 꼭 안겨 있었다. 젊은 의사의 지시하에 류는 병원으로 호송되었다. K는 말없이 멀어져 가는 앰뷸런스를 하염없이 바라볼 뿐이었다. 현장이 모두 정리되자 경찰관 한 명이 군의관에게 달려와 상황 종료를 알렸다. 군의관은 경찰에게 끌려나오는 노인을 향해 다가갔다.

"쓸데없는 소릴 잘도 지껄이더군."

"난 K에게 아들을 되찾아 주고 싶었던 것뿐이야." 노인이 대답했다. "그런데 그건 애초부터 불가능한 얘기였단 말인가? 살아 있는 류는 그저 껍데기일 뿐인가?"

군의관이 노인을 바라보며 미소 지었다.

"아냐, 꼭 그렇지만은 않아. 하긴 그게 무슨 상관이야. 어쨌든 당신 말대로라면 류나 K나 체념했을 뿐이야. 자신의 슬픔을 정면으로 대할 용기가 없었던 거지. 저들은 자신이 감당하기 편한 쪽을 택했을 뿐, 그 둘에게 진짜니 가짜니 하는 건 아무 의미가 없었던 거야."

노인은 더 이상 아무 말도 하지 않았다. 그리고 경찰 호송차로 지친 걸음을 옮겼다.

"그래서 좋은 기억만 남기고 모조리 전쟁터로 보내는 거지."

군의관은 나른한 기지개를 켜며 혼잣말로 중얼거렸다.

"그쪽이 우리도 감당하기 쉽거든."

# 목격자

목격자들은 달콤한 크림빵에 달라붙는 개미 떼처럼 사건 현장을 겹겹이 둘러쌌다. 범인의 도주를 막은 사람에게는 포상이 주어지기 때문이었다. 하지만 진범은 그들 중에 있을 수도 있었다.

경주는 양손으로 경찰모를 깊이 눌러 쓰고 사건 현장으로 걸음을 옮겼다. 우선 도로 한복판에 쓰러져 있는 남자의 호흡을 살피고, 빠르지도 느리지도 않은 걸음으로 가해 차량을 향해 다가갔다. 운전자가 도망치지 못하도록 차 문을 막고 있던 사람들도 그제야 경주에게 자리를 내주었다. 사람들은 얼굴 가득 만족한 미소를 띠고 자랑스럽게 목을 빳빳이 세워 보였다.

차창을 두드려 보지만 아무런 반응도 없었다. 사고를 낸 여자는 차 안에서 양팔로 몸을 감싼 채 얼음처럼 굳어 꼼짝도 하지 않았다. 사고를 저지른 사람들의 한결같은 반응이었다. 설사 다른 반응을 보인다 해도 여자의 상황은 조금도 나아질 것이 없었다.

경주는 여자를 잠시 내버려 두고 뒤에 길게 늘어선 차들에 수신호를 보냈다. 차들은 진행 통로가 확보됐음에도 거북이 걸음으로 경주의 옆을 빠져나갔다. 여자의 얼굴이 궁금해서였다. 경주는 그런 행동이 못마땅했지만 늘 그렇듯 아무 내색도 하지 않았다. 그들은 사건의 목격자인 동시에 경주의 감시자이기도 했다. 경주는 인도 쪽을 한번 둘러본 뒤 모자를 더 깊숙이 눌러썼다. 눈을 가리는 사소한 행동만으로도 조금은 위안이 되었다.

경주는 일을 마무리 짓기 위해 다시 차창을 두드렸다. 한 번, 그리고 또 한 번. 여자가 창밖의 경주를 바라보았다. 경주는 흰 장갑을 낀 손을 위아래로 부드럽게 움직였다. 그것은 진정하라는 의미이기도 했고, 차창을 내리라는 신호이기도 했다. 마침내 차창이 내려가고, 여자가 잔뜩 겁에 질린 얼굴을 드러냈다. 하지만 그보다 더 경주의 시선을 사로잡은 건 조수석에 앉은 대여섯 살쯤 되어 보이는 남자아이와 뒷좌석 유아 카시트에서 울음을 그치지 않는 갓난아기였다. 경주는 누구도 알아차리지 못할 정도의 낮은 신음을 내쉰 뒤 입을 열었다.

"밖으로 나와 주십시오."

"누군가에게 떠밀린 것 같았어요." 여자는 떨리는 목소리로 말했다. 그 목소리는 구멍 난 피리 소리처럼 공허하기 이를 데 없었다.

"맞아요, 누군가 저 남자를 떠밀었어요. 저 남자는 내 차에 치이기도 전에 비명을 지르고 있었다고요."

"우선 밖으로 나와 주십시오."

"제 말 좀 들어보세요. 저 남자는 살해당한 거예요. 사고가 아니라고요." 여자는 핸들을 꼭 움켜잡고 차에서 나오지 않았다. "보세요. 저는 아이가 둘이나 있어요. 제가 없으면 이 아이들은 고아가 된다고요. 저는 신호도 잘 지켰고, 규정 속도도 어기지 않았어요. 어떤 법도 어긴 게 없단 말이에요."

"조사해 보겠습니다. 하지만 우선 차에서 나오셔야 합니다."

경주는 아이가 둘이나 있다는 여자의 말이 잠시 후 그녀 자신에게 비수처럼 꽂히리라는 것을 예감하고는 미간을 찡그렸다.

경주는 구경꾼들이 떠나지 않는 인도 쪽을 주시하면서 말을 이었다.

"일을 어렵게 만들지 마세요." 경주가 여자를 재촉했다. "자, 어서."

"하지만." 여자는 두 아이를 바라보았다. 조수석에 앉아 있던 아이는 어느새 뒷좌석으로 넘어가 동생을 달래고 있었다.

"누가 떠민 게 아니면 어쩌죠?"

경주는 그 질문에 대해선 아무런 대답도 할 수가 없었다. 그렇다고 임무를 중단할 수도 없었다. 경주는 열린 창 안으로 손을 집어넣어 잠금 버튼을 풀고 차 문을 활짝 열어젖혔다.

여자는 갑작스러운 경주의 행동에 잠시 당황했으나 더는 저항하지 않고 차에서 천천히 내려섰다. 여자의 모습이 공개되자 구경꾼들의 웅성거림이 커지기 시작했다. 경주는 두 손으로 귀를 틀어막는 대신 서둘러 여자의 손에 수갑을 채웠다.

경주는 아내가 저녁을 차리는 사이 TV 앞에 앉았다. 오늘 사고를 낸 여자가 제대로 된 선택을 했을지 궁금했기 때문이었다.

뉴스에서는 오늘 하루, 사백사십이 건의 사건·사고와 칠십 명의 사망자가 발생했다고 보도했다. 사망 원인의 대부분은 부주의로 인한 인명 사고였고, 일부는 자살, 그리고 일부는 굶어 죽은 자들이었다.

'자살이라니. 인간의 꿈은 영원한 삶이 아니었나?'

경주는 쓴웃음을 지었다. 맥주 한 모금이 간절했다. 매달 한 장씩, 공무원에게만 배급되는 주류 교환권은 이제 충분히 취할 만큼 쌓여 있었다. 하지만 경주는 이번에도 휴대폰 앱을 열지 않았다. 아직은 맨정신이고 싶었다. 그리고 가능하다면 앞으로도 맨정신을 유지할 수 있기를 바랐다. 그것이 정말 가능하다면 말이다.

드디어, 경주가 맡았던 사건이 보도되었다.

여자는 결국 둘째 아이를 선택했다고 전해졌다.

둘째 아이라면 아직 말문도 터지지 않은, 뒷좌석에서 목이 터져라 울기만 하던 갓난아기였다.

"빌어먹을!"

식사를 준비하던 아내가 거실로 달려 나왔다.

"무슨 일이야?"

"아니야."

경주가 대답했다.

"놀랐잖아."

아내는 다시 부엌으로 향했다. 평소 같으면 경주의 부주의함을 한심해하며 잔소리를 늘어놓았을 터였다. 그리고 그 잔소리로 인한 결과는 불 보듯 뻔한 것이었다.

경주는 아내의 뒷모습을 물끄러미 바라보았다. 또다시 씁쓸한 미소가 지어졌다. 어느덧 아내도 경주가 어떤 때 무슨 짓을 저지르는지, 또 그때마다 자신이 어떻게 행동해야 하는지에 대해 조금씩 익숙해지는 듯했다. 한편으로 미안한 감도 없지 않았지만, 경주는 이제 아내와 사소한 일로 다투지 않게 됐다는 사실을 다행으로 받아들였다. 어떤 일이든 반복에 반복을 거듭하다 보면 익숙해지지 못할 일 따위는 없는 것이다.

경주는 리모컨을 들어 TV 전원을 껐다. 더는 여자에 대해 생각하고 싶지 않았다. 경주는 소파에 몸을 축 늘어뜨리고는 뻐근한 목을 뒤로 젖혀보았다. 저도 모르게 헛웃음이 나왔다. 아내가 자기를 몰아세울 때마다 던지던 '강박'이라는 단어가 새삼 떠올랐기 때문이었다. 이젠 아내의 말을 인정하지 않을 도리가 없었다. 예전처럼 기분이 상하지도 않았다. 인정해 버리고 나면 오히려 쉽게 낫는 병도 있는 법이다.

'만약 여자의 입장이었다면 난 누굴 선택했을까?'

경주는 당연히 첫째 아이를 택했을 것이라고 생각했다. 여자는 아무것도 모르는 아기가 죽임을 당하는 쪽이 더 나을 것으로 생각했겠지만, 차라리 아무것도 모르는 아이를 살리는 편이 두 아이 모두에게 올바른 선택이었을 것이다. 자신에게 동생이 있었다는 사실을 아는 아이와 먼 훗날 자신에게 형이 있었는지조차 기억할 수 없는 아이. 둘 중에 한 명이 사라져야 한다면 과연 누가 사라지는 것이 더 나은 선택이었겠는가 말이다.

물론 어떤 선택이든 옳은 선택이란 건 애초에 존재할 수가 없었다. 따지고 보면 인간이 영원히 살 수 있게 된 것부터가 터무니없는 일이다. 아니, 영원까지는 아니지만, 지난 세기보다 두 배로 늘어난 평균수명은 '영원'이라고 해도 좋을 만큼 끈질겼다. 급격하게 불어난 인구는 보란 듯이 식량 위기를 발생시켰고 결국 누군가 죽어주길 기대하지 않으면 안 되는 지옥 속으로 인류를 빠뜨렸다. 폭동으로 얼룩진 이 년 전 겨울. 사형제도가 부활했고, 더 강화되었다. 이제 과실치사라 해도 누군가를 죽인 사람은 사형에 처해졌다. 사고를 낸 당사자가 처벌을 피하고 싶다면 가족 중 누군가를 대신 내놓아야 했다. 굶주린 사람들은 반대하지 않았다. 서민들에겐 선택의 여지가 없었다. 그들은 이미 서로를 돕지 않는 방식으로 서로를 죽여가고 있었다. 그런 그들은 매일매일 자신이 다른 누군가가 죽어주길 바라고 있다는 양심의 가책에서 벗어나고 싶어 했고, 무엇보다 자신이 그 법에 희생될 것이라고는 절대 생각하지 않았다. 터무니없는 믿음이었지만 그것이 그들이 여태껏 살아온 방식이었고, 그 터무니없는 믿음의 증거로 그들이 강력히 내세우는 것은 바로, 여전히 살아 있다는 사실이었다.

경주는 몸을 부르르 떨었다. 생각할수록 이건 미친 짓거리였으나 달리 뾰족한 수도 없었다. 때마침 부엌에서 아내가 부르는 소리가 들렸다. 경주는 소파에서 간신히 몸을 일으켜 식

탁으로 향했다.

"차라리 전쟁이 낫겠어."

아내가 먼저 입을 열었다.

"철없는 소리 하지 마."

"인류의 절반이 한꺼번에 사라지면 한동안은 별걱정 없이 서로 화목하게 살지 않겠어?"

"이봐."

"아예 문명을 깡그리 뭉개버리는 게 나을지 모르겠다."

"미쳤어?"

경주는 숟가락을 거칠게 내려놓았다. 아내도 지지 않았다.

"나한테 한 소리야?" 아내는 못 믿겠다는 듯 팔짱을 끼고 고개를 저었다. "자! 그럼 이건 어떻게 생각해? 실수로라도 사람을 죽이면 그 책임을 그 가해자 가족의 가장이 지는 거 말이야. 대부분 가장이 죽진 않아. 나머지 가족을 먹여 살려야 하니까. 근데 그 가장이 먹여 살려야 하는 가족 중 하나는 반드시 가장을 위해 죽어야 한단 말이지. 이 세계를 유지하기 위해 말이야."

"무슨 얘길 하고 싶은 거야?"

경주가 소리쳤다. 그것은 대답을 원하는 질문이 아니었다. 경주는 그저 아내가 자신을 더 이상 몰아붙이지 않기만을 간절히 바랐다.

"그래, 미쳤어! 내가 미쳤다고!"

"당신이 미치긴 왜 미쳐?"

갑자기 아내가 두 손으로 얼굴을 감싸고 소리 내 울기 시작했다.

아내는 여태껏 그런 식으로 울음을 터트린 적이 단 한 번도 없었다. 경주는 덜컥 겁이 났다. 아내에게 정말 정신적 결함이 생겼을지도 모를 일이었다.

경주는 팔을 뻗어 아내의 손을 잡았다. 아내는 경주의 손을 거칠게 뿌리쳤다. 그러고는 더 큰소리로 울부짖기 시작했다.

"무서워! 무서워서 밖을 나다닐 수가 없다고!"

경주는 그런 아내를 멍하니 바라보며 기다릴 수밖에 없었다.

아내는 한참을 울고 나서야 조금은 진정된 듯 보였다. 티슈를 한 움큼 뽑아 눈물과 콧물을 닦아냈다. 하지만 이내 다시 몸을 떨기 시작했다.

"마트 건널목에서 누가 날 떠밀었어." 아내가 입을 열었다. "내가 죽을 뻔했단 말이야."

"뭐?" 경주는 자리에서 벌떡 일어나 아내의 어깨를 잡고 흔들었다. "그래서? 괜찮아? 다친 데는 없고? 어떤 놈이야? 얼굴은 봤어?"

경주는 아내가 정신을 차리도록 다시 소리를 질렀다.

"괜찮은 거야?"

아내는 고개를 끄덕였다. 하지만 눈동자는 여전히 초점이 맞지 않았다. 일부러 경주의 눈과 마주치는 것을 피하는 것처럼 보였다.

"모르겠어." 아내가 말했다. "그 바람에 내가 또 누굴 밀어버렸거든."

아내는 다시 큰 소리로 울기 시작했다. 경주는 숨이 멎는 것 같았다. 아무 말도 할 수가 없었다. 경주는 아내를 덥석 자신의 품으로 끌어안았다. 그러고는 마치 생전 처음 듣는 말을 곱씹어 보듯 계속해서, '괜찮아'라는 말만을 더듬거렸다.

며칠 동안 아내는 집 밖으로 나오려 하지 않았다. 엄밀히 따진다면 아내는 도망자처럼 숨어 지내는 것이나 다름없었다. 어쨌거나 아내는 그 두 사람—아내가 떠민 사람과 그 사람을 차로 친 사람—이 살아갈 자리를 한순간에 빼앗아 버린 것이다. 하지만 아내 또한 누군가에게 떠밀렸을 뿐이지 않은가. 아내는 일부러 누군가를 떠밀 수 있는 사람이 아니다. 죄가 있다면 바로 아내를 떠민 그 누군가이며, 그 누군가도 또 다른 누군가에게 떠밀렸을 뿐이라면 당연히 그에 대한 처벌은 그 누군가를 떠민 또 다른 누군가여야 마땅했다.

경주는 잠시 경찰모를 벗고, 마른세수를 했다. 아무리 발버둥 쳐 보아도 아내의 실수는 정당화되지 않았다. 지금까지의 사고들도 따지고 보면 대부분 고의가 아니었다. 어제 경주가 체포한 여자도 결국은 아내와 같은 처지가 아니었나. 하지만 그녀는 어쩔 수 없이 법대로 처벌을 받았고 선택을 강요당했다. 아내가 누군가를 떠민 것을 목격한 사람이 있었다면 경주의 가정 또한 박살 나버리고 말았을 터였다. 경주는 아이조차 없는 자신과 아내가 어떤 선택을 했을지 상상조차 할 수가 없었다. 그리고 아이 하나 없는 처지에 대해 생각하고 있는 자신의 모습이 경악스러웠다. 아내 역시 누군가를 떠민 순간부터 자신과 똑같은 생각을 하고 있었을지도 모른다고 생각하자 경주는 망연자실해졌다.

경주는 고개를 들고 평화롭기만 한 사거리를 둘러보았다. 다행히도 오늘 경주의 담당 구역은 아무 사고 없이 마감될 모양이었다.

"교대해야지?"

경주는 소리가 나는 쪽으로 고개를 돌렸다. 저만치서 동료가 제복을 매만지며 경주 쪽으로 다가왔다. 경주는 근무일지를 동료에게 건네주었다.

"저런, 다행이라 해야 할지 불행이라 해야 할지."

단속 건수가 하나도 적혀 있지 않은 것을 보고 하는 말이었다.

"이런 날도 있는 거지."

"이런 날만 계속되면 머지않아 또 골치 아픈 폭동이 일어날 거야."

"그럴지도."

경주의 대답에 동료는 싱긋 미소를 지었다.

"난 자네의 그런 면이 좋아." 하지만 동료의 미소는 민원인을 상대하기 위해 부서에서 아침마다 억지로 짓게 하는, 그 훈련된 미소와 별 차이가 없었다. "하긴 우리가 일부러 사고를 낼 수도 없는 거니까."

경주는 근무일지에 자신의 이름을 적고 있는 동료의 모습을 말없이 지켜보았다. 동료는 경주의 눈길을 의식했는지 살짝 고개를 돌리고는 또 한 번 조금 전의 미소를 지어 보였다.

"뭐해? 퇴근 안 해? 자네도 어서 아기를 가져야지?" 동료가 근무일지로 옆구리를 찌르며 히죽 웃었다. "누가 뭐래도 애는 있어야 해. 애는 옵션이니 뭐니, 마지막까지 미룰 수 있으면 미루는 게 좋다느니 말들은 많아도, 그 사람들이야 이미 토끼 같은 새끼들이 있으니까 그런 말을 할 수 있는 거 아니겠어. 결국은 세상 살면서 남이 하는 건 다 해보고 죽는 게 나아. 남이 하지 않는 걸 욕심낼 필요도 없고."

"오늘은 글렀어. 이미 녹초가 됐어." 경주는 애써 좋은 표정을 지으며 농담을 건넸다. "내 목숨을 애와 바꾸고 싶은 생각은 없어."

동료는 크게 웃음을 터트렸다. 하지만 경주는 방금 자기가 무심코 내뱉은 말에 소름이 끼쳤다. 뭐든 한 가지 생각에 몰두하기 시작하면 머릿속을 가득 메운 한마디가 제멋대로 툭 튀어나와서 경주를 당혹스럽게 만들었다.

"그래, 시간은 충분하니까."

"그래, 시간은 충분하니까."

경주는 아무렇지 않은 척 동료의 말을 재빨리 되받았다.

순간, 사거리 도로 한복판에서 자동차 브레이크가 고함을 질렀다. 뒤이어 쇳덩이끼리 충돌해 부서지는 둔탁한 소리, 그리고 사람들의 비명과 한곳으로 우르르 몰려가며 질러대는 함성이 이어졌다.

"이건 당최……." 동료는 근무일지를 겨드랑이 사이에 끼고 경찰장비가 주렁주렁 매달린 벨트를 허리에 바짝 조였다. "시작하자마자 이런 식이면 오늘도 쉽진 않겠는걸."

그러나 동료의 눈빛은 텅 빈 근무일지를 볼 때와는 달리 생기가 넘쳐 보였다. 어깨를 곧게 펴고 사고 현장으로 향하는 동료의 모습에는 오히려 자긍심이 넘쳐흘렀다.

"어때, 아쉽지 않아?" 동료가 갑자기 뒤를 돌아보았다. "그래도 한 건은 하고 가야지?"

"아니, 난 됐어!" 경주가 손을 내저었다.

"그럴 리가. 아쉬운 게 없다면 진작 집으로 돌아갔겠지. 따라와 봐."

동료는 경주가 따라올 것이라 믿고, 뒤도 돌아보지 않으며 걸음을 빨리했다. 경주는 오늘만은 어떤 사건사고도 보고 싶지 않았다. 동료의 단정적인 말투도 꽤나 거슬렸다. 이대로 동료 뒤를 따라간다면 자신이 동료와 아무 차이도 없다는 걸 인정하고 마는 꼴이었다. 그것만은 피하고 싶었다.

하지만 경주는 선뜻 등을 돌리지 못했다. 경주는 이 빌어먹을 임무를 동료는 어떤 식으로 처리하는지가 내심 궁금했다. 일 처리는 정해진 매뉴얼을 따르겠지만, 경주는 동료의 표정을 꼭 확인하고 싶었다. 경주는 크게 숨을 들이쉬고 동료의 뒤를 따랐다.

이미 사고 현장은 목격자들이 빙 둘러싸고 있었다. 미처 목격자 인정 거리까지 다가서지 못한 자들은 동료의 등장에 아쉬운 표정으로 길을 열어주었다. 늘 반복되는 패턴. 동료는 모세의 기적을 보이듯 거침없이 앞으로 나아갔다.

경주는 동료와 조금 거리를 두고서 사고 처리를 지켜보았다. 폐차라고 해도 과언이 아닐 만큼 문짝이 찌그러지고 색이 벗겨진 낡은 승용차 앞에 한 사내가 나뒹굴어 있었다. 배달업체 아르바이트생으로 보였다. 보호 장비라고는 헬멧밖에 착용하지 않은 채 민소매 티와 반바지를 입은 남자의 왼팔과 왼쪽 다리는 마치 대패에 깎여 나간 듯 살점을 거의 찾아볼 수가 없는 지경이었다. 오토바이 뒤에서 튕겨 나간 배달 가방은 구겨질 대로 구겨지고, 그 안에서 쏟아진 하얀 날계란들이 아스팔트 위에 처참하게 깨져 있었다.

동료는 생존 여부를 확인하기 위해 피해자의 헬멧을 조심스레 벗겼다. 아직 성인이라고 볼 수도 없는, 너무나 앳된 얼굴이었다.

경주가 다가가자 동료는 허리를 펴고 자리에서 일어섰다. 뜻밖에도 동료의 얼굴에는 아무런 표정도 없었다. 경주는 자신이 그토록 확인하고 싶었던 동료의 표정을 보며 가슴을 쓸어내렸다. 역시나 누구도 이 일을 아무렇지 않게 처리할 순 없었다.

"아직 너무 어린데."

경주의 말에도 동료는 별 반응이 없었다. 동료는 얼핏 화가 난 사람처럼 보이기까지 했다.

동료가 낮은 목소리로 중얼거렸다.

"시간이 좀 걸릴 것 같아."

경주는 가해 차량을 둘러싸 막고 있는 사람들 쪽의 소란을 보고 고개를 끄덕였다. 목격자들이 운전자가 도망가는 것을 저지하고 있었다. 이럴 때는 동료의 말마따나 시간을 좀 더 두고 차량으로 접근하는 편이 옳은 판단이었다. 목격자들과의 실랑이로 조금이나마 범인의 힘을 빼놓지 않고서는 쓸데

없는 추격전이나 몸싸움이 벌어질지도 모르기 때문이다. 하지만 이번 가해자는 좀처럼 포기할 줄을 모르는 모양이었다.

동료는 다시 사고를 당한 소년 곁으로 다가갔다. 그러고는 다시 한번 사망을 확인하고 근무일지를 펼치며 경주에게 물었다.

"지금 몇 시지?"

"18시 19분이야."

동료가 일지에 사망 시간을 기록했다.

경주는 씁쓸한 표정으로 동료의 실수를 바로잡아 주었다.

"거기서 5분을 빼야지. 사망 시간을 잘못 기재하면 곤란해지는 거 잘 알잖아."

"방금 19분이라며?"

경주는 망치로 머리를 얻어맞은 것 같았다.

"무슨 소리야?" 경주가 소리쳤다.

동료는 재빨리 오른손 검지를 입으로 가져갔다. 그러고는 경주의 팔을 잡고 얼굴을 바짝 들이밀었다.

"거 사람하곤. 깜짝 놀랐잖아. 이런 상황에 장난이 나와?"

"장난이라니?" 하지만 경주의 따지는 목소리도 동료만큼 낮아져 있었다. "조금 전까지 살아 있었다면 당연히 응급조치를 취했어야……."

"자네야말로 무슨 소리야?" 동료는 눈이 커졌다가 곧 난감한 표정을 지어 보였다. "자넨 그동안 운이 좋았던 모양이군."

잠깐의 침묵이 흐른 뒤 동료가 말을 이었다.

"미안, 괜히 자네를 불렀나 봐. 계속 모르고 지냈으면 좋았을 것을." 동료는 짧게 혀를 찼다. "하지만 자네도 매번 운이 좋을 순 없을 거야. 그러니까, 오늘 좋은 경험을 해뒀다고 생각해."

동료는 다시 근무일지를 펼쳤다. 그런 동료의 어깨를 경주가 거칠게 잡아 돌렸다.

"자넨 지금 법을 어기고 있는 거라고."

동료는 못 믿겠다는 듯 경주를 빤히 쳐다보았다.

"어차피 구급차가 오기 전에 죽을 목숨이었어. 간당간당했다고. 그리고 법이라니? 고작 5분을 기다렸을 뿐이야. 사고를 접수해도 구급차가 도착하는 데까지 10분이 걸린다고. 저걸 봐. 저 차를 둘러싸고 있는 사람들이 기대하는 게 뭔 거 같아?" 한순간에 동료의 말투가 사나워졌다. "비켜! 자네 도움은 필요 없으니까."

동료는 경주를 뿌리치고 가해자 차량으로 다가갔다.

경주는 재빨리 동료의 뒤를 따랐다. 뭔가 크게 잘못됐다. 이 문제를 어떻게 풀어야 할지 모르겠지만 이대로 물러설 수는 없었다.

동료가 다가서자 사람들이 가해 차량에서 하나씩 떨어져 나갔다. 모두 꽤나 고생한 모양이었다. 동료와 경주에게 일을 맡기고 한숨을 돌리는 사람들 중에는 차에 침을 뱉으며 욕설을 퍼붓는 사람도 있었다. 마지막까지 운전석 문을 밀면서 운전자와 힘 대결을 하고 있던 사내의 얼굴은 땀으로 범벅이 되어 있었다.

"쌍! 배고파 뒈지겠네. 난 이틀 치의 힘을 썼다고!"

동료는 귀찮다는 듯 차 문을 밀고 있는 사내에게 옆으로 비켜서라고 손짓을 했다.

"내 공로를 헛되게 할 셈이야? 내가 문을 놓으면 이 자식은 곧바로 도망칠 거라고!"

동료는 경주를 바라보며 한쪽 입술 끝을 올렸다. 그러고는 사내의 뒤로 바짝 다가섰다.

"내가 신호하면 비켜."

"그래." 사내가 대답했다.

경주도 동료의 옆으로 바짝 붙어 섰다.

"허튼짓 마." 동료가 나직이 경고했다.

경주는 돌발 상황에 대비해 2인 1조 행동 요령에 따라 준비 자세를 취했다.

마침내 운전석 문이 열리고 가해자가 튀어나왔다. 그는 짐승처럼 울부짖고 있었다. 동료와 경주는 그 기세에 잠시 움찔했으나 곧 그의 팔을 꺾고 자동차 보닛에 머리를 짓눌렀다. 수천 번도 넘게 반복 훈련한 동작이었다. 그렇게 훈련을 하다

보면 머리는 장식에 불과하다 해도 과언이 아니게 된다. 기억을 저장하고 있는 쪽은 머리가 아니라 몸이기 때문이다. 하지만 훈련 과정에서의 가해자 역할은 지금 이 실전의 가해자처럼 모든 걸 걸고 저항하지 않는다.

오랜 시간을 목격자들과 실랑이를 벌였음에도 불구하고 가해자는 전혀 지쳐 보이지 않았다. 저항은 더욱 격렬해졌다. 얼굴을 알아볼 수 없을 정도로 눈물과 콧물이 범벅이 되어 있는 상태에서도 동료의 관자놀이를 가격해 경찰모를 떨어뜨리고 경주의 제복 단추를 모조리 뜯어내 버렸다. 사십 대 후반으로 보이는 이 남자도 이제 자신의 가족 중 한 명을 선택할 수밖에 없는 처지에 내몰린 것이었다.

경주는 혼란스러웠다. 동료의 현장 대응 절차를 문제 삼으면 남자는 기적처럼 가족의 생명을 지킬 수 있을 터였다. 하지만 그 대신 동료는 자신의 가족 중 한 명을 선택해야 한다. 경주의 심장은 걷잡을 수 없이 쿵쾅거렸다. 이대로 있다가는 가슴이 터져나갈 것만 같았다. 경주는 오늘에서야 자신이 누군가의 죽음을 선택하는 위치에 서 있다는 것을 실감했다.

가해자는 차 밖으로 나오면서부터 계속해서 누군가의 이름을 부르짖고 있었다. 가해자의 목소리는 이 지옥 같은 상황에서 자신을 구원해 줄 메시아를 부르고 있는 것처럼 절박했지만 그 이름은 너무나도 평범하고 낯선 이름이었다. 동료는 그가 소리를 더 지를 수 없도록 벨트에서 재갈을 끄르고 있었다. 순간 어떤 생각이 경주의 머리를 스치고 지나갔다. 경주는 온 힘을 다해 주먹으로 가해자의 복부를 강타했다. 숨이 막힌 가해자는 맥없이 몸을 축 늘어트렸다. 그런데, 그 와중에도 가해자는 그 이름을 외치기 위해 안간힘을 쓰고 있었다.

"제법인데." 동료가 거친 숨을 내쉬며 말을 이었다. "자네도 꽤 과격한 데가 있어."

경주는 동료의 말 따위는 신경 쓰지 않았다. 그는 손을 들어 동료를 저지하고 남자의 반응에만 온 신경을 집중했다.

남자는 배를 움켜쥔 채 뜨겁게 달궈진 아스팔트 위를 기어가기 시작했다. 그가 기어가고 있는 방향에는 소년이 쓰러져 있었다.

'아……'

경주는 그 짧은 탄식 외에 아무 말도 할 수가 없었다.

"뭐 하자는 거야?" 기다리다 못한 동료가 짜증을 내며 남자를 끌어당겨 수갑을 채우려 했다.

"그만두지 못해!"

경주가 동료의 멱살을 잡아끌었다. 본능적으로 경주의 손을 뿌리친 동료는 경주를 향해 공격 자세를 취했다. 하지만 경주의 눈은 계속해서 남자를 향해서만 있었다. 상대할 적을 잃어버린 동료는 어정쩡한 자세로 꽉 쥐었던 주먹을 쥐락펴

락하면서 경주와 남자를 번갈아 보았다.

남자는 숨을 거둔 소년에게로 점점 가까이 다가갔다. 잠시 후 남자는 소년을 꼭 끌어안고 오열하기 시작했다. 이젠 그 낯선 이름을 부르지도 않았다. 그럴 필요가 없었다. 너무나도 꼭 닮은 이목구비는 남자와 소년이 어떤 사이인지 세상에 똑똑히 알려주고 있었다.

경주는 동료의 근무 시간이 끝나길 기다려 함께 근처 술집을 찾았다. 둘은 맥주 한 병을 비울 때까지 아무 말도 하지 않았다. 바텐더도 분위기를 눈치챘는지 조용히 TV 쪽에 시선을 고정하고 있었다.

경주는 휴대폰 앱을 열어 누적된 주류 교환권을 불러냈다. 그리고 바텐더를 향해 휴대폰을 살짝 흔들어 보였다. 바텐더가 새 맥주를 가져와 경주와 동료 앞에 하나씩 내려놓았다.

"고마워." 동료가 말했다.

바텐더는 고개를 까딱하고 다시 뒤로 물러났다.

동료가 다시 입을 열었다.

"고마워."

경주는 아무런 대꾸도 하지 않았다. 지금 이 순간은 누가 누구에게 고마움을 표하고, 또 그것을 받아들일 만한 상황이 아니었다. 그럼에도 불구하고 동료와 술자리를 함께하고 있는 것은 오늘도 누군가가 죽었고, 이 술자리 말고는 죽음에서 벗어났다는 기분을 느끼게 해줄 곳이 달리 없었기 때문이었다.

"고작 절차의 문제였을 뿐이야."

그 말은 적절한 말이 아니었다. 경주는 자신의 말을 정정해야 할 필요를 느꼈다.

"자네 말대로 그 아이는 구급차가 도착하기 전에 사망했을 거야."

경주는 소년의 아버지였던 남자의 말을 떠올려 보았다. 소년은 집안 생계를 위해 아버지의 반대를 무릅쓰고 돈벌이에 나섰다. 그리고 오늘 우연히 아버지의 차와 나란히 교통 신호를 기다리다가 배달 일을 하는 모습을 들켜버렸다. 아버지는 아들을 쫓아갔고, 아직 오토바이 운전이 서툴렀던 아들이 아버지의 차에 치여 비극을 맞이한 것이다.

"아무도 그 둘이 부자지간이라는 걸 몰랐어." 한참 만에 경주가 다시 입을 열었다.

"그렇지, 아무도 몰랐지." 동료가 맥주를 들이켰다. "난 아직도 뭐가 뭔지 모르겠어."

그건 경주도 마찬가지였다.

"누군가를 죽인 자는 사형을 당하고, 처벌을 피하고 싶다면 가족 중 한 명을 대신 바쳐야 하지. 하지만 그 아버지의 경우는 자신이 죽인 사람이 바로 자기 아들이니까……."

"남자는 이미 가족을 잃었으니까."

둘은 다시 깊고 어두운 침묵에 빠졌다.

또 한 병의 맥주가 비워졌다. 그리고 둘은 누가 강요한 것도 아닌데 TV에서 흘러나오는 뉴스에 시선을 고정했다. 시시껄렁한 정치 보도가 끝나고 오늘의 사건 사고가 시작됐다. 마침내 기다렸던 남자의 소식이 전해졌다.

아들을 잃은 남자는 재판이 있기 전 스스로 목숨을 끊었다고 했다.

동료는 소리 없이 고개를 떨궜다. 경주는 어떤 태도를 보여야 할지 난감했다. 입술이 바짝 타들어 갔다. 맥주병을 기울이자 한 방울밖에 남지 않았던 맥주가 입속으로 '똑' 떨어졌다. 경주는 바텐더에게 맥주가 아닌 물을 가져다 달라고 부탁했다. 그러나 얼음을 가득 채운 차가운 물도 경주의 갈증을 풀어주진 못했다.

잠시 후 동료가 먼저 자리에서 일어섰다. 경주도 그의 뒤를 따랐다. 경주는 무슨 말이라도 하고 싶었다. 하지만 무슨 말을 해야 할지 도무지 떠오르지 않았다. 그러는 사이 동료는 경주의 어깨를 툭 치는 것으로 인사를 대신하고 걸음을 옮겼다.

"아내가 말이야……."

동료가 뒤를 돌아보았다. 경주는 고개를 들지 못하고 말을 이었다.

"누굴 밀었대."

"저런!"

동료는 놀란 눈을 하고 경주를 바라보았다.

경주는 계속해서 말을 이어 나갔다. "아니, 누군가에게 떠밀렸는데, 그래서 그 바람에……."

동료는 경주가 하고 싶은 말을 다 마칠 때까지 잠자코 듣고만 있었다. 그러고는 입가에 엷은 미소를 얹었다.

"어쩔 수 없지 뭐." 동료의 말투는 어느 때보다도 다정했다.

"어서 가서 안아줘."

동료는 다시 뒤돌아 걷기 시작했다.

경주는 동료의 뒷모습이 골목 모퉁이로 사라질 때까지 우두커니 서 있었다. 그리고 계속해서 동료의 말투를 따라 해보았다.

"그래, 어쩔 수 없지 뭐."

그 말은 바짝 마른 낙엽처럼 너무나 가벼웠다. 동료의 말투를 따라 하면 할수록 아내가 저지른 사건은 정말 아무 일도 아닌 것이 되어가고 있었다. 그리고 그 일이 누군가에게 용서를 구하고 말고 할 것도 없는, 별것도 아닌 일이었다고 여겨지자 경주는 커다란 후회와 분노, 그리고 절망에 휩싸였다.

경주는 허겁지겁 동료를 뒤쫓기 시작했다. 동료는 막 건널목을 건너려 하고 있었다. 자정이 넘은 시간. 차들은 속도를 줄이지 않았고, 건널목 신호등은 고장이 나 있었다. 동료는 취기에 몸을 제대로 가누지 못했다. 경주는 동료에게 더 다가가지도, 동료를 불러 뒤돌아보게도 하지 않았다. 경주는 저도 모르게 숨을 죽이고 근처 가로수에 재빨리 몸을 숨겼다. 잠시 후, 점멸하는 빨간 불을 쳐다보던 동료가 비틀대며 건널목을 건너기 시작했다. 경주는 두 눈을 질끈 감았다. 일 초가 한 시간처럼 느껴졌다. 가슴이 짓눌리고, 참으려 할수록 헛기침이 나왔다. '왜 아무 소리도 나지 않지?' 순간, 경주는 가슴이 덜컥 내려앉았다. 경주는 눈을 번쩍 뜨고 절박하게 소리쳤다.

"위험해!"

곧장 대형트럭의 경적 소리와 급브레이크를 잡는 소리가 도로를 사정없이 할퀴고 지나갔다. 경주는 정신없이 건널목 앞으로 뛰어나갔다. 그러고는 겁에 질린 눈으로 새까만 아스팔트 도로를 정신없이 더듬다가 마침내 동료를 발견했다. 동료는 건널목 반대편에 멀쩡히 서 있었다. 어리둥절한 표정으로 주위를 두리번거리던 동료는 금방이라도 쓰러질 듯 비틀거리면서도 경주를 발견하자 반갑게 손을 흔들어 주었다.

경주는 그 자리에 털썩 주저앉았다. 두 손으로 얼굴을 감싸고 펑펑 울음을 터트렸다. 주위엔 아무도 없었다. 이 사건의 유일한 목격자는 경주뿐이었다.

완벽한 지도자

대통령은 거실 창문을 열고 밖을 내다보았다. 새벽 거친 찬바람이 그의 핼쑥한 뺨에 상처를 입힐 듯이 달려들었다. 그는 뒷걸음질을 치며 손등으로 식은땀을 닦아냈다. 가냘픈 다리가 휘청거렸다. 잠이 모자란 탓이었다. 침대로 돌아가 모자란 잠을 채우고 싶지만 그럴 수가 없었다. 곧 채취자들이 들이닥쳐 어젯밤 꿈을 조사할 터였다. 매일 아침마다 행해지는 절차였지만 오늘만은 그 절차를 흔쾌히 받아들일 수가 없었다. 끔찍한 꿈을 꿨다. 모두가 사라졌다. 세상이 끝장났다. 그만 살아남았다. 이해할 수가 없었다. 해석은 채취자들의 몫이니까. 그가 알 수 있는 것은 그저 그들이 들이닥친 순간, 모든 게 사라졌다는 것뿐이었다.

꿈속에서도 그들은 그의 머리에 주삿바늘을 꽂고, 꿈틀거리는 몸을 짓눌러 가며 꿈을 채취하고 있었다. 모든 게 순조로워 보였다. 어제와 다름없는 일상이 미래를 이어가고 있었다. 그런데 다음 순간, 그들이 갈가리 찢겨나갔다. 순식간에 하반신이 싹둑 잘리고, 얼굴이 격자 모양으로 깔끔하게 오려졌다. 광장시장의 재단사조차도 그렇게 빠른 속도로 가위질을 하진 못할 것 같았다. 처음엔 그 꿈이 맘에 들었다. 그들을 해치웠다. 그들이 사라졌다. 그들이 죽어버렸다. 그래서 그는 자신의 꿈이 현실이 되리라는 것도 잠시 잊고, 기분 좋은 웃음을 터트렸다.

그 웃음이 사라지기까진 오랜 시간이 걸리지 않았다. 그는 뒤이어 나타난 아내를 보고 온몸이 굳어졌다. 아내는 어린 딸아이를 품에 안은 채 공포에 질려 있었다. 어떤 생각보다 먼저 비명이 터져 나왔다.

'도망쳐!'

하지만 그렇게 소리친 그도 아내가 어디로 도망쳐야 살 수 있는지 알지 못했다. 거긴 그의 꿈속이었으니까. 그리고 꿈은 대통령인 자신조차도 맘대로 조종할 수 없는 거니까. 아내는 체념한 듯 고개를 내저었다. 아내의 마지막 인사였다. 그는 어찌할 바를 몰랐다. 꿈속에선 두 눈을 감아도 모든 걸 볼 수 있었다.

그러니, 선택의 여지가 없었다. 그는 신발장에서 새하얀 운동화를 꺼내 들었다. 일 년 전, 아내가 점점 쇠약해지는 그의 건강을 염려해 골라온, 그러나 단 한 번도 신을 기회가 없었던 운동화였다. 그는 아내와 딸아이가 곤히 잠들어 있을 방을 돌아보았다. 발걸음이 떨어지지 않았다. 마지막으로 아내와 딸의 얼굴을 한 번 더 보고 싶었다. 하지만 그럼 절대로 가족을 떠날 수 없을 것이 확실했다.

두 눈을 멀쩡히 뜨고 꿈에 끌려가는 꼴이라니. 참담한 기분에 온몸이 떨렸다. 하지만 더 이상 지체할 수는 없었다. 곧 채취자들이 방문할 시간이었다. 어쨌거나 자신의 결심을 밀어붙이는 도리밖에 없었다. 순간 침실 쪽에서 부스럭거리는 소리가 들렸다. 그는 소스라치며 새 운동화를 품에 꼭 안고 귀를 기울였다. 더 이상 소리가 나지 않자 그는 현관문을 살며시 열었다. 그리고 뛰기 시작했다. 숨을 꾹 참고 달리며, 그는 헤어 나올 수 없는 검은 물속으로 점점 더 깊이 빠져드는 기분을 느꼈다.

*

이른 아침 공원은 거대한 쓰레기통이나 다름이 없었다. 역겨운 냄새에 참기가 힘들었다. 숨을 쉴 때마다 누군가 술과 담배, 소변, 토사물로 주먹밥을 만들어 입 안에 억지로 쑤셔 넣는 것 같았다. 그는 헛구역질을 하고 눈가에 눈물을 닦아 냈다. 집을 나선 지 불과 한 시간도 지나지 않았는데 벌써 자신의 결정에 의심이 들었다.

'당신은 선택받은 사람입니다.'

헛웃음이 나왔다. 그는 그들의 목소리를 빨간 풍선에 담아 뻥 터트려 버리고 싶었다. 아니, 처음부터 그들의 제안을 무시해 버렸어야 했다.

그들은 매일 아침 그의 꿈을 채취해 언론에 알리고, 언론은 그 내용을 이미 벌어진 사건인 양 세상에 보도했다. 피할 수 없는 운명은 이미 벌어진 일이나 다름없다는 게 그들의 주장이었다. 틀린 말은 아니었다. 그의 꿈은 모두 현실로 이루어졌으니까. 처음엔 터무니없는 소리라며 믿지 않던 사람들도 시간이 지남에 따라 입을 다물어 버렸다. 대통령에 대한 믿음이 날로 더해감에 따라 반정부 세력은 급격히 괴멸하고 있었다. '뜻밖의 소식'이라고 불리는 예측 불가능한 꿈에 대항하기엔 반정부 세력의 투쟁은 너무나 이성적이고 논리적이었다. 그리고 그 꿈이 터무니없다고 주장하는 그들도 자신들의 이익에 부합하는 꿈이 보도되면, 고장 난 시계도 하루에 두 번은 맞는다며 그 꿈을 뺏기지 않기 위해 오랜 동지조차 주저 없이 배신했다. 사실 그것은 전혀 이상할 것 없는 일이었다.

반정부 세력이야말로 메시아의 등장을 가장 갈망하는 자들의 연합이었으니까.

상황이 그러하니, 곧 오전 아홉 시가 되면 이 나라는 커다란 혼란에 빠질 터였다. 오늘은 날씨 예보와도 같은 '뜻밖의 소식'이 보도되지 않을 테니까. 하지만 아무리 지저분한 혼란이라도 죽음보단 낫지 않은가.

그는 양손으로 머리를 움켜쥐었다. 이전의 꿈을 뒤엎을 새로운 꿈을 꿀 수는 없는 걸까? 의지를 가지고 원하는 꿈을 꿀 순 없는 것일까? 부질없는 생각이었다. 무엇보다 이 상황에 잠을 잘 수 있을 리가 없었다. 그러니 도망치는 것밖엔 그가 할 수 있는 일이 없었다. 그게 그가 사람들에게 베풀 수 있는 마지막 배려였다. 도망쳐 봤자 닥쳐올 죽음을 피할 순 없겠지만 적어도 꿈의 보도를 막을 수는 있었다. 그러면 사람들은 죽음의 공포에 시달릴 필요 없이 평소처럼 자신의 삶을 살다가 한순간 왜 죽는지도 모른 채 갑자기 죽을 수가 있는 것이다.

가슴이 답답했다. 그는 주먹으로 가슴을 힘껏 두드렸다. 그래도 답답함이 사라지지 않자 그는 두 발을 바짝 조이고 있던 구두를 벗어버렸다. 무거운 검정 구두를 벗어버리자 조금은 숨이 가벼워지는 걸 느낄 수가 있었다. 그는 잠시 숨을 고르고는 집에서 소중히 가지고 나온 운동화를 종이봉투에서 꺼냈다.

"버리는 거야?"

그는 화들짝 놀라 고개를 쳐들었다.

"버리는 거냐고?"

공원의 노숙자였다.

그는 대답도 하지 않고 재빨리 손목시계 먼저 확인했다. 아홉 시까진 아직 한 시간이 남아 있었다. 주위를 둘러보자 한산했던 도로가 자동차들로 조금씩 채워지고, 저 멀리 버스정류장에는 사람들이 하나둘 모이기 시작했다. 여느 때와 다름없는 출근길의 모습. 다행히 대통령의 실종은 아직 발표되지 않은 것 같았다.

"당신 게 아니군. 임자 없는 신발이야!"

노숙자는 자신 있는 목소리와는 달리 계속 그의 눈치를 살피며 그가 벗어놓은 구두를 은근슬쩍 집어 들었다.

노숙자는 아직 그가 대통령인 것을 알아채지 못한 것 같았다.

그는 노숙자에게 신경 쓸 여력이 없었다. 구두야 누가 갖든 상관없었다. 아직 멀리 도망치지 못했다. 어디로 도망칠지도 정하지 못했다. 아무도 찾아내지 못할 곳을 찾아내지 못했다. 아니, 이 세상에 그런 곳이 존재할 리가 없었다.

"좋군, 좋아! 이제 멀리 갈 수 있겠어. 높이, 아주 높이!"

노숙자는 제자리를 껑충껑충 뛰어오르다가 발레를 하는 것처럼 한 바퀴 몸을 돌리고, 구두 뒤축을 서로 맞부딪쳐 보기도 하면서 기쁨을 감추지 못했다.

"훔친 게 아니야!"

갑자기 동작을 멈춘 노숙자가 또 버럭 소리를 질렀다. 그는 아무 말도 하지 않는데, 노숙자는 애꿎은 변명을 늘어놓았다.

"바꾼 거야! 왜냐하면, 내 발에 맞으니까. 난 내 발에 안 맞는 신발은 욕심내지 않아. 근데 내 발에 이렇게 딱 맞잖아. 내 발에 맞으니까, 내 신발도 당신 발에 잘 맞을 거고. 그러니까 바꾼 거야!"

그는 아무 말 없이 고개만 끄덕였다. 한순간에 한 나라의 대통령이 노숙자보다도 못한 존재가 돼버린 것 같았다. 노숙자는 자기 존재를 숨기고 없애려는 그와는 달리 자신의 염치없는 행동조차 애써 변명하며, 일말의 자존감만은 끝끝내 지켜내려 안간힘을 쓰고 있었다.

그는 노숙자의 발에 신겨진 자신의 구두를 보자 울컥 목이 메었다.

"혹시 아무도 찾지 못할 곳을 아십니까?"

뭔가 대단한 대답을 기대한 질문이 아니었다. 그의 눈은 딱히 정해진 곳을 보고 있지도 않았다. 그러니 그 질문은 허공에 내뿜은 한숨과 다르지 않았다.

"숨지 않아도 돼." 노숙자가 말했다. "아무도 찾지 않아!"

그는 말문이 턱 막혔다. 미안했다. 노숙자에게 굳이 생각하지 않아도 될 자신의 처지를 떠올리게 만들어 버린 것 같았다.

하지만 지금은 서로의 처지를 이해하기 위해 노력할 시간이 없었다. 더 이상 머뭇거릴 여유가 없었다. 그는 낮은 신음을 내뱉으며 노숙자를 뒤로하고 걷기 시작했다.

"아무도 찾아오지 않는다니까!"

노숙자는 자기 말을 무시했다고 여겼는지 더 크게 소리를 질렀다.

"아무도 안 찾는다고!"

그는 문득 걸음을 멈췄다. 그리고 천천히 뒤돌아 노숙자를 위아래로 찬찬히 훑어 내렸다.

노숙자는 자기 몸을 훑는 불쾌한 시선에 적잖이 당황한 것 같았다. 수치심에 목부터 이마까지 얼굴이 새빨개진 노숙자는 주먹을 불끈 쥐고 그를 향해 돌진했다.

"네까짓 게 감히!"

"우리 옷도 바꿀까요?"

"뭐?"

순식간에 노숙자는 표정을 완벽하게 갈아치웠다. 반쯤 깨진 앞니를 환히 드러낸 채 해맑게 웃고 있는 노숙자의 얼굴은 만화 속 교활한 쥐와 꼭 닮아 보였다. 그는 노숙자를 마주 보며 간신히 그 뻔뻔한 미소를 따라지었다. 입안이 텁텁했다. 아직 옷을 바꿔 입지 않았는데도 이와 벼룩들이 기어다니는 것처럼 온몸이 가려웠다.

서두를 것 없는데도 그의 옷을 빼앗듯 갈아입은 노숙자는 새 옷에 걸맞은 얼굴이 아니라며 공원 화장실에서 몇 번이나 세수를 반복하고, 양손에 물을 묻혀 마른 대걸레처럼 뒤엉킨 머리카락을 억지로 쓸어 넘겼다. 그동안 그는 노숙자의 옷에서 올라오는 시큼한 냄새에 몇 번씩이나 변기를 부여잡고 구역질을 해야만 했다.

노숙자가 그를 바라보며 말했다.

"거봐, 이제 안 보이잖아."

그는 자신의 옷을 입고 있는 노숙자를 쳐다보고 싶지 않았다. 더 이상 노숙자에겐 볼일이 없었다. 어서 떠나야 했다. 그는 다시 숨을 꾹꾹 누르며 발길을 옮겼다.

순간, 노숙자의 손이 그의 팔을 낚아챘다.

"그런 시계를 차고 있으면 구걸할 수가 없어."

"그건 당신도 마찬가지잖아!"

결국 참고 참았던 울분이 폭발했다. 화내고 싶지 않았고, 화를 낼 기운도 없었지만, 그래도 소리라도 지르지 않고서는 견딜 수가 없었다.

노숙자는 날아오는 돌이라도 피하는 듯 겁에 질려 고개를 휙 돌리면서도 절대 그의 소맷자락을 놓진 않았다.

"지금 하고 있잖아, 구걸."

노숙자의 입에서 굵고 찐득한 침이 주룩 흘러내렸다. 빨갛게 충혈된 눈에선 금방이라도 굵은 눈물이 툭 떨어질 것 같았다.

"그 시계, 술이랑 바꿀 거야." 노숙자가 울먹이며 말했다.

"곧 세상이 끝장나거든."

*

윤서는 소파에 앉아 채취자들을 뚫어져라 노려보았다. 매일 그들이 찾아오는 시간이면 남편이 어딘가로 숨어버렸으면 좋겠다고 바랐었지만, 막상 남편이 사라지자 도움을 청할 사람들이라고는 그들밖에 없었다.

하지만 그들은 남편을 찾기 위해 아무것도 하지 않았다. 아예 찾을 생각이 없어 보였다. 그들은 느긋한 태도로 한 시간째 집안에 머무르며 집주인의 허락도 없이 커피를 타 마시고, 가져온 신문을 읽고, 지루한 듯 시간을 확인하며 기지개를 켰다. 대통령의 실종에 당황하거나 걱정하는 빛은 조금도 느껴지지 않았다. 얼마나 중요한 일인지 모른다며 남편을 설득하던 때의 간절함은 어디서도 찾아볼 수가 없었다.

"길을 알려주는 겁니다."

처음 만났을 때 그들은 그렇게 말했었다.

"우리는 그동안 시간을 너무나 많이 허비했습니다. 늘 길을 잘못 들었기 때문이죠."

아무도 믿지 않을 거란 남편의 말에도 아랑곳하지 않았다.

"그럴 수도 있겠죠. 믿고 안 믿고는 국민의 선택이니까요. 하지만 우리는 국민에게 모든 걸 알려주어야 할 의무가 있습니다. 정부는 투명해야 합니다. 누군가 미래를 볼 수 있는 능력이 있다면, 그 또한 국민에게 알려주지 않을 수 없습니다. 그래야만 비로소 국민도 올바른 선택이 가능한 법이니까요. 우리는 확신합니다. 당신께서 나서준다면 혼란은 종식되고, 우리는 시간을 허비하지 않을 수 있습니다."

그러고는 불안해하는 남편과 윤서를 안심시키기 위한 배려의 말도 잊지 않았다.

"아무것도 달라지지 않을 겁니다." 그들이 싱긋 미소를 지었다.

"걱정하지 마세요."

하지만 아무것도 달라지지 않은 건 오직 그들뿐이었다. 국가의 미래를 예언하던 대통령이 없어졌음에도 불구하고, 그들이 취한 행동이라고는 방송국에 건 전화 한 통뿐이었다. 심지어 그들은 윤서가 바로 옆에서 통화를 듣고 있다는 사실마저 망각한 듯 보였다.

"강 피디, 언제 식사라도 해야지?"

윤서는 신경질적으로 무릎을 쓸어내렸다. 온몸에 돋아난 소름을 깨끗이 긁어 없애버리고 싶었다.

더는 참지 못하고 윤서가 소리쳤다.

"아무것도 하지 않을 거면, 그만 나가주세요!"

"진정하세요. 우리가 필요하실 겁니다."

그들은 태연하게 대답했다.

"그럼 남편을 찾아와요!"

그들은 꿈쩍도 하지 않았다.

"못 들었어요? 당장 나가서 남편을 찾아오라고요!"

윤서의 외침에 잠들었던 아기가 깨어나 울음을 터트렸다. 윤서는 아기가 누워 있는 작은 방으로 쏜살같이 달려가 아기를 품에 안고 나왔다.

"제발, 남편을 찾아오라고요!" 발을 동동 구르며, 윤서는 아기와 함께 흐느끼기 시작했다. 엄마마저 울음을 터트리자 아기는 더 자지러졌다.

"아무것도 달라지지 않는다고 했잖아요! 아무것도!"

"아무것도 달라지지 않았습니다." 그들이 대답했다.

"이미 예상했던 일입니다. 저흰 대통령께서 사라질 것을 진즉에 알고 있었습니다. 대통령의 꿈이 그렇게 말했으니까요."

윤서는 차마 입을 다물 수가 없었다. 그들은 쌍둥이 형제처럼 서로를 향해 고개를 끄덕이고는 계속 말을 이었다.

"걱정하지 마세요. 예상했던 만큼 준비도 철저히 해놓았습니다."

"준비라뇨? 알고 있었다면 그가 없어지기 전에 막았어야죠?"

"그건 불가능한 일입니다." 그들이 대답했다. "대통령의 꿈이 그렇게 결정했으니까요."

윤서는 잠시 멍하니 서 있다가 안방으로 들어가 거칠게 문을 닫았다. 그러고는 잠시 후 외출 준비를 마친 차림으로 그들 앞에 다시 모습을 드러냈다. 차가운 날씨에 대비해 품 안에 아기를 꽁꽁 싸매고 나타난 윤서의 모습은 지나치게 두꺼운 중세 갑옷을 껴입은 눈사람 같아서 오히려 손가락으로 툭 건들기만 해도 뒤로 나자빠질 것처럼 위태로워 보였다.

"나가주세요." 윤서가 단호하게 말했다.

"정말, 그러길 원하시는 겁니까?" 그들은 믿기 어렵다는 듯 고개를 갸웃거리며 계속 제자리에서 뭉그적거렸다. "말씀드렸다시피 전혀 걱정하실 필요가 없습니다."

"그이는 내 남편이라고요. 내 남편!" 윤서는 소리쳤다.

윤서의 기세에 눌린 그들은 쓴 입맛을 다셨다. 그리고 서두르는 기색 없이 자리에서 일어섰다. 문을 열고 나가기 전 그들은 한 번 더 뒤를 돌아보았다. 잠깐의 침묵이 흐르고, 그들이 입을 열었다.

"우리가 필요하실 겁니다."

윤서는 비명을 내지르며, 거칠게 그들의 등을 때리고 떠밀었다.

'쾅' 하는 큰소리와 함께 현관문이 닫히고, 윤서는 나뒹구는 신발 위에 털썩 주저앉았다. 어서 남편을 찾아 나서야 할 텐데, 차마 문밖을 나설 엄두가 나지 않았다. 그 많은 꿈을 꾸면서도 남편은 아내와 딸이 나오는 꿈은 단 한 번도 꾼 적이 없었다. 바보처럼 서운함을 감추지 못하자 남편은 머리를 긁적이며, 꿈에 가족이 나오지 않는 건 꿈조차 필요 없을 정도로 가족의 미래가 평안하기 때문일 거라고 윤서를 위로했었다. 자기 꿈은 언제나 위기 대처용이라고 말이다.

윤서는 고개를 들어 남편이 없는 집안을 둘러보았다. 아기가 또 울음을 터트렸다. 품 안의 진동에 집이 무너져 내리는 것 같았다. 윤서는 아기를 더욱 꽉 끌어안았다. 겁이 났다. 누구라도 좋으니 곁에서 자기를 지켜봐 주는 사람이 있었으면 좋겠다고 생각했다. 윤서는 어느새 그들을 내쫓아 버린 자신을 원망하고 있었다. 그들이 돌아와 주길 바랐다. 아니, 그들이 아직 멀리 가지 않았기를 간절히 바랐다. 윤서는 그들을 불러 세우기 위해 허둥지둥 자리에서 일어나 현관문을 활짝 열어젖혔다. 그리고 몸이 돌처럼 굳어버렸다.

그들이 멋쩍은 미소를 지으며 윤서에게 말을 건넸다.

"우리가 필요하시죠?"

*

"세상이 끝장난다니 그게 무슨 소립니까? 그걸 어떻게 알았죠?"

쭈뼛거리던 노숙자가 울먹이며 입을 열었다.

"대통령이 죽었거든."

팽팽했던 긴장의 끈이 풀리자 그의 입에선 피식 헛바람이 새어 나왔다.

"아, 그렇군요." 그는 허탈한 말투로 작별 인사를 건넸다. "부디, 몸조심하세요."

자신의 말이 무시당한 것을 안 노숙자는 두 눈이 휘둥그레졌다.

"아직 몰라?" 노숙자가 더듬거리며 말을 이었다. "정말 모르고 있군!"

"아뇨, 다 알겠습니다. 알았으니까 그만 하세요."

"하, 잠깐만 기다려! 내가 보여줄게. 보여주면 되잖아!"

노숙자는 공원 곳곳에 쌓인 쓰레기 더미를 뒤지며 미친개처럼 뛰어다녔다. 그는 혹시 노숙자가 시계를 빼앗기 위해 흉기를 찾고 있는 것은 아닌지 덜컥 겁이 났다.

그는 기회를 엿봐 뛸 준비를 했다. 노숙자의 말마따나 지금 옷차림에 어울리지 않는 시계였지만 절대 시계만은 내주고 싶지 않았다. 왠지 그것마저 없으면 자기 자신을 증명할 것이 아무것도 남아 있지 않을 것 같았다. 그는 자신이 노숙자를 따돌릴 수 있을지, 새 다리만큼이나 가늘어진 두 다리가 잘 버텨줄지를 계산하며 노숙자의 행동을 예의주시했다.

"여기 있군, 여기 있어!"

마침내 노숙자가 무언가를 집어 들고 숨을 헐떡이며 그에게로 돌아왔다. 그는 달아날 기회를 놓쳤다는 생각에 머리카락이 바짝 설 정도로 정신이 아찔했다.

"자! 눈깔이 있으면 한번 보라고!"

노숙자는 집어 온 신문을 그의 손에 쥐여주었다. 그는 어리둥절하며 신문을 펼쳤다.

〈대통령 서거〉

1면 헤드라인이었다. '말도 안 돼.' 그는 빠른 속도로 기사를 읽어 내려갔다.

그 신문은 이른 새벽에 나온 호외였다. 기사는 대통령이 '2대 대통령'을, 다시 말해 자신의 후계자를 지목하고는 스스로 목숨을 끊었다고 전하고 있었다. 그리고 오늘 정오에 대통령의 장례식이 열릴 예정이었다.

"말도 안 돼!"

그가 소리쳤다. 하지만 그 외침이 얼마나 무력한지 깨닫는 데는 불과 일 초의 시간도 걸리지 않았다. 어느새 다가온 노숙자가 아주 오래전부터 알고 지낸 친구처럼 그의 등을 쓸어내리며 위로의 눈빛을 건넸다.

그는 그 손을 거칠게 뿌리쳤다. 그리고 뛰기 시작했다. 이젠 숨기 위해 도망치는 게 아니었다. 그는 자신의 장례식장으로, 자신이 아직 살아 있음을 알리기 위해, 그들의 뻔뻔한 거짓을 폭로하기 위해 광장으로 내달렸다.

*

장례식이 거행될 시청광장은 막바지 준비가 한창이었다. 그 사실이 그를 더욱 분노케 했다. 이런 대규모의 장례식을 몇 시간 만에 준비한다는 것은 절대로 불가능한 일이었다. 그러니 이 사기극은 며칠, 아니 몇 달 동안 계획된 것이 확실했다. 어쩌면, 이 사기극은 그들이 그를 찾아온 순간부터 준비되어 있었던 것인지도 몰랐다.

그는 아내의 충고를 따르지 않았던 것을 뼈저리게 후회했다. 벌써 5년이나 지나버렸다. 5년! 5년 동안의 모든 삶이 거짓이었다고 생각하니, 그 빌어먹을 5년이란 시간 속에 남아 있는 것이 아무것도 없었다. 꿈이 오염된다는 이유로 외부와의 접촉은 극도로 제한되었고, 설령 누군가를 만나더라도 모든 대화가 녹음되기에 정말 나누고 싶은 사적인 이야기들은 꺼릴 수밖에 없었다. 모든 쾌락이 금지되었다. 단맛, 신맛, 매운맛…… 자극적인 음식은 모두 먹을 수 없었으며, 기쁨이나 슬픔, 공포, 절망, 분노 등, 감정이라는 것을 느끼게 하는 드라마나 코미디, 심지어 다큐멘터리도 시청할 수 없었다. 허락된 것은 오직 뉴스뿐이었다. 그것은 굳이 읽지 않아도 될 자신의 어제 일기를 다시 펼쳐보는 것과 전혀 다르지 않았으니까.

물론 그들은 발뺌을 할 수도 있을 것이다. 그 모든 제약은 권고 사항에 불과했기 때문이다. 하지만 그는 그들의 말을 결국 따를 수밖에 없었다. 딸아이가 생겨나던 날, 참고 참았던 금욕의 족쇄를 단 한 번 잠깐 풀어버렸던 그날, 전국 곳곳에서 대형 참사가 일어났다. 그날은 그가 그들을 만나고 나서 처음으로 아무 꿈도 꾸지 않고 단잠을 이룬 행복한 날이었지만 그를 제외한 이 나라의 국민에겐 평생 잊지 못할 통곡의 날이 되어버렸다. 처참한 참사의 현장, 희생자의 사진, 유족의 참담한 얼굴들…….

"1대 대통령에게 애도를, 2대 대통령에게 축복을!"

배가 불룩 나온 50대 여자가 광장을 돌며 구호를 외치고 있었다. 그는 그 말뜻이 금방 와 닿지 않아 여자를 한참 동안 멍하니 바라만 보았다. 여자는 등에 흰 깃발과 검은 깃발을 X자로 매달고 장례식장 안으로 들어오는 사람들에게 전단을 나눠주었다.

여자는 그의 얼굴을 쳐다보지도 않고 전단지 한 장을 불쑥 내밀었다. 전단지에는 장례식 식순이 적혀 있었다. 그는 자신의 죽음이 이미 문서로 작성되어 있다는 사실에 몸서리를 쳤다. 순서지에 적힌 식순을 한 줄 한 줄 읽을 때마다 목이 졸려오는 것 같았다. 그는 비로소 깨달았다. 자신이 그동안 국민에게 무슨 짓을 저질렀는지를. 자신의 꿈은 희망도 뭣도 아니었다. 그것은 사람들이 앞으로 살아갈 미래를 착취하는 거짓말, 잔인무도한 폭력에 불과했다.

'국가는 거짓말을 하지 않습니다.'

그는 시청 건물에 큼지막하게 걸린 현수막을 바라보았다. 그러고는 전단지를 쥔 손을 벌벌 떨며 주위를 두리번거렸다. 서툰 변명이라도 해보고 싶었다. 누구라도 앞에 앉혀놓고 채취자들이 자신에게 가한 잔인한 일들을 낱낱이 고발하고, 또 자신의 처지에 대해 이해를 구하고 싶었다. 그리고 단 한 사람이라도 자신을 용서해 주길 바랐다. 용서를 구하고 싶었다. 그럴 수만 있다면.

그는 아직 정돈되지 않은 장례식장 빈 의자에 털썩 주저앉아 전단지를 뚫어져라 쳐다보았다. 그리고 여덟 번째 순서에서 눈길을 멈췄다.

〈'2대 대통령'의 축복식〉

그건 또 다른 '꿈꾸는 자'가 무대 위에 등장하리라는 것을 예고하고 있었다.

그는 거대한 장례식 단상 위를 올려다보았다. 곧 자신이 들어 있지도 않을 관이 들어오고, 존재하지도 않는 새로운 '꿈꾸는 자'가 등장할 무대. 어떻게든 이 거대한 사기극을 멈춰야 했다.

*

그는 장례 스태프가 분주히 오가는 어수선한 무대 뒤로 숨어들었다. 다행히 노숙자의 말마따나 아무도 그를 거들떠보지 않았다. 스태프들은 무대 뒤에서 서성이는 그를 성가신 돌부리 정도로 여기는 듯했다. 그는 그들과 부딪치지 않게 요리조리 몸을 피하며 귀빈 대기실을 찾아 헤맸다.

마침내 귀빈 대기실을 찾은 그는 재빨리 근처 가로수 뒤로 몸을 숨겼다. 귀빈 대기실 앞에는 두 명의 보안요원이 경계를 서고 있었다. 당연히 그의 어설픈 몸짓이 보안요원의 눈길을 끌었을 텐데도 그들은 그가 전혀 위협이 되지 않는다고 판단한 모양이었다.

그가 안절부절못하는 사이 광장 스피커에선 사이렌이 한 번 길게 울려 퍼졌다. 곧 장례식이 시작될 것을 알리는 소리였다. 한 무리의 사람들이 천막을 빠져나왔다. 그는 조심스레 고개를 빼고 그들의 얼굴을 살폈다. 모두 처음 보는 얼굴이었다. 하지만 그 무리도 매일 아침 꿈을 채취하러 집에 들르던 그들과 똑같은 한패라는 것은 검은 제복과 세 개의 별이 겹쳐진 배지로 충분히 알 수가 있었다.

"2대 대통령을 잘 모시고 있게."

무리 중 한 명이 보안요원에게 당부했다. 그러고는 나머지 일행과 함께 무대 앞쪽으로 사라졌다.

천막 안에 '2대 대통령'이 있는 게 확실했다. 자신처럼 채취자들에게 속아 삶의 모든 행복을 빼앗기고 나중엔 가차 없이 내버려질 가련한 운명에 처한 사람이. 어서 빨리 그를 만나 모든 사실을 알리고 그와 함께 정부의 음모를 폭로해야 했다.

'하지만 어떻게?'

그는 '2대 대통령'의 반응을 충분히 예측할 수 있었다. 오래 전 자신도 마찬가지였으니까…….

그들의 말을 믿었던 건 그들의 이야기가 누구도 거스를 수 없을 만큼 믿음직해서가 아니었다. 그저, 믿고 싶었던 것이다. 그들이 오기 전까지 아무것도 아니던 자신의 비참했던 처지가 그들의 말을 믿게 만들어 버린 것이다. 누가 과연 '대통령'의 역할을 거부할 수 있겠는가. 아무리 허황한 이야기라 하더라도 자신의 가치를 인정받고, 게다가 국가를 좌지우지할 힘이 바로 자신에게 있다는데, 그 유혹을 뿌리칠 수 있는 사람이 어딨겠는가.

참담했다. 온몸에 힘이 빠져나갔다. 거짓말처럼 정부의 사기극을 폭로하겠다는 의지도 발밑으로 새어 나갔다. 대통령이 되기 전에도 아무것도 하지 못했고, 대통령이 돼서 이룬 모든 것들도 결국 아무것도 아니었다. 뭐라도 된 줄 알았던 그는 아무것도 아니었다. 아무것도. 그는 죄인처럼 바닥에 엎드렸다. 점점 눈앞이 흐려지고 굵은 눈물이 바닥에 떨어졌다.

바로 그때, 언제 다가왔는지 보안요원 둘이 양쪽에서 그의 팔을 잡아 일으켜 세웠다. 그는 소스라치게 놀라 비명도 지르지 못했다. 하지만 그를 더욱 놀라게 한 건 뒤이은 보안요원의 말이었다.

"서두르시죠. 기다리고 계십니다."

"누가?" 그는 더듬거리며 물었다.

"당연히 '2대 대통령'께서 '1대 대통령'님을 기다리시는 거죠."

깍듯한 말투로 대답한 보안요원은, 어리둥절한 그에게 부드러운 미소를 지어 보였다.

그는 천막 안으로 정중히 안내됐다. 그리고 마침내 '2대 대통령'을 눈앞에 마주했다. '2대 대통령'은 그를 보자마자 와락 끌어안으면서 반가움에 어쩔 줄을 몰라 했다.

"내가 그럴 줄 알았어요. 처음 만났을 때부터 평범한 분은 아닐 거라 생각했다고요."

그는 노숙자의 품에 꼭 안긴 채 얼떨떨한 표정으로 보안요원들을 바라보았다.

보안요원은 아무 말 없이 고개를 끄덕였다. 그러고는 사이렌이 길게 두 번 울리자 입을 열었다.

"이제 시간이 됐습니다. 두 분 대통령님, 준비하시죠."

*

마침내 두 명의 '대통령'이 함께 무대에 올랐다. 한 명은 단상 의자에, 한 명은 단상 중앙에 놓인 투명한 유리관 속에 자리했다.

그는 유리관에 곱게 누워 실눈을 뜨고 단상 아래 운집한 사람들을 훔쳐보고는 흠칫 놀라 다시 자세를 고쳐 잡았다. 그는 마지막까지 '1대 대통령'의 역할을 훌륭히 마무리하기 위해 정신을 바짝 차렸다. 이 거짓 장례식을 깔끔하게 마무리하는 것이 그들과의 마지막 거래이며 그들을 잠시나마 의심했던 것에 대한 미안함의 보답이라고 생각했다.

그는 주머니 속에 고이 간직한 그들의 편지 내용을 음미하며 소리 없이 웃었다. 노숙자가 전해준 편지에는 장례식에 대한 비밀들이 속속들이 적혀 있었다. 그들이 보낸 편지의 요지는 다음과 같았다.

이 장례식은 대통령의 인수인계일 뿐이다. 다만 장례식이라는 방법을 통해 인수인계할 수밖에 없는 이유는 이 세계에 또 다른 '꿈꾸는 자'가 있다는 것을 국민이 알게 될 경우 국가가 커다란 혼란에 빠질 우려가 있기 때문이다. 국민에게는 확신이 필요하다. 그러기 위해선 이 세계에 두 명의 꿈꾸는 자가 있어서는 안 되고, 오직 한 사람의 꿈꾸는 자만 남아 있다는 걸 국민 모두에게 보여줄 필요가 있다는 얘기였다. 그들은 그동안의 노고에 대한 감사도 잊지 않았다.

그는 투명한 관 속에서 어서 빨리 장례식이 끝나길 기다렸다. 이 짧은 시간만 견디면 그는 자랑스러운 '1대 대통령'으로 영원히 기억될 것이었다. 이제 대통령으로서의 영예를 포기하지 않으면서도 그 책임에서 벗어나 모든 쾌락을 즐길 수가 있었다.

그는 흥분된 마음을 진정시키고 귀를 기울였다. 유리관 밖 소리라 확실히 들리지는 않았지만 모두들 분명히 '1대 대통령'에 대한 찬양과 감사의 마음을 표시하고 있었다. 그는 가슴이 벅차올랐다. 그는 솟구치는 눈물을 참느라 안간힘을 썼다. 죽은 자는 눈물을 흘리지 않으니까.

추도문 낭독이 끝나고, 마침내 '2대 대통령'이 바통을 이어받을 차례였다. 순간, 그의 몸이 들썩이기 시작했다. 광장에 모인 군중들의 함성이 이어졌다. 그는 깜짝 놀라 눈을 떴다가, 눈을 떴다는 사실에 또 깜짝 놀라 무슨 일이 벌어지는지 확인도 못 한 채 얼른 두 눈을 꾹 감아버렸다.

함성은 계속해서 이어지고 있었다. 한 음절 한 음절 끊어지는 함성을 유리관 안에서 듣고 그 뜻을 파악하기란 쉬운 일이 아니었다. 함성이 네 번째 울리고 나서야 그는 그 함성이 무엇인지 정확히 알 수가 있었다. 사람들은 새해맞이 준비를 할 때처럼 카운트다운을 하고 있었다. 10부터 세기 시작한 숫자는 5로 줄어들었다. 장례식에는 다소 어울리지 않는 모습이었지만 이제부터의 식순은 '2대 대통령'의 등장에 초점이

맞춰져 있으니 어쩔 수 없는 일이었다. 그리고 마침내 '1'

카운트다운이 끝나는 동시에 그는 다시 한번 감았던 눈을 번쩍 떴다. 사람들의 또 다른 함성, 그것은 십만 명이 넘는 사람들이 함께 내지르는 통곡이었다.

그는 갑자기 숨이 막히고 온몸의 모든 구멍에서 뜨거운 액체가 쏟아지는 것을 느꼈다. 금방이라도 숨이 끊어질 것 같았다. 그는 유리관에서 탈출하기 위해 발버둥을 쳤다. 하지만 그의 몸에 꼭 맞게 제작된 관 안에선 옴짝달싹도 할 수가 없었다. 기껏해야 손톱으로 유리를 긁어대는 정도밖엔 달리할 수 있는 몸짓이 없었다. 그래도 그는 포기하지 않았다. 손톱이 부러지고 깨끗했던 유리관이 그의 붉은 피로 뒤범벅될 때까지 그는 몸부림을 멈추지 않았다. 아니, 유리관 안을 휙휙 가로지르는 가스가 그를 잠시도 가만히 놔두지 않았다. 그는 경련을 일으키며 유리관 밖을 바라보았다. 군중들은 그렇게나 사랑했던 대통령의 죽음을 똑똑히 목격하면서도 대통령의 몸이 축 늘어질 때까지 누구 하나 이 잔인한 처형을 말리려 들지 않았다.

그는 더 이상 저항할 힘이 남아 있지 않았다. 몸속의 내장들이 모두 녹아내린 것 같았다. 다행인지 불행인지, 그의 고개는 유리 너머의 사람들을 똑똑히 볼 수 있는 방향으로 꺾여 있었다. 마지막으로 눈에 들어온 광경에, 그는 딱 한 번만 더

웃고 싶어졌다.

사람들이 하나둘 사라지고 있었다. 유리관 안을 채우는 새하얀 가스가 그의 시야를 칼날처럼 지나쳐서인지, 아니면 눈의 깜박거림이 만들어 낸 환상 때문인지 확신할 수는 없었지만 모두 어젯밤 꿈처럼 하나씩 하나씩 찢기고 잘려 사라져 가고 있었다. 다만 한 가지 다른 점이 있다면, 그토록 사랑했던 아내의 모습은 끝내 보이지 않는다는 것이었다.

그는 생각했다.

'내가 정말 '꿈꾸는 자'였을까?'

그는 끝내 그 질문에 답을 내리지 못했다.

*

그 시각, 윤서도 티브이를 통해 남편의 처참한 죽음을 똑똑히 목격했다. 그 잔인한 살인 쇼가 끝나자 바로 '2대 대통령'의 연설이 흘러나왔다.

"'1대 대통령'의 꿈대로 '1대 대통령'께서 운명하셨습니다. 이렇듯 대통령의 꿈은 대통령도 피해 갈 수 없는 운명입니다. 그리고 대통령께서는 자신의 운명을 당당히 받아들이셨습니다. 오늘 오전, '1대 대통령'께서 저를 찾아와 주셨습니다. 그리고 저에게 옷과 시계를 물려주시며 말씀하셨습니다……."

"거짓말이죠?" 윤서가 더듬거리며 물었다.

"그냥 연극인 거죠? 그렇죠?"

그들은 고개를 가로저었다.

"국가는 거짓말을 하지 않습니다."

윤서는 악을 쓰며 채취자들에게 달려들었지만, 곧 정신을 잃고 바닥에 쓰러졌다. 채취자들은 당황하지 않았다. 윤서에게 호흡기를 씌우고 진정제를 투여했다. 서서히 경련이 잦아들자 그들이 윤서의 머리를 쓰다듬어 주었다.

"걱정하지 마세요. 우리가 항상 함께 있을 겁니다."

그들의 목소리는 이 세상 어느 바람보다 부드럽고, 따뜻하게 들렸다.

# 커다란 웃음

*

오늘 리의 설교는 한 시간을 넘기고 있었다. 끝날 듯 끝나지 않았다. 준비한 원고는 이십 분 분량이었다. 목소리의 높낮이, 묵상, 기도까지 철저히 계산된 설교였다. 매주 한 치의 실수도 없었다. 그런데 하필, 마지막 문장을 읽을 때 아들 재이와 눈이 마주쳐 버렸다. 리는 설교를 멈출 수가 없었다. 할 말이 있었다. 해줘야 할 말이 있었다. 오직 아들 재이를 향한 말. 오늘은 말할 수 있을 것 같았다. 지금이 아니면 말할 수 없을 것 같았다. 그런데 준비된 원고를 넘어서자 자꾸만 말이 미끄러졌다. 말을 정확히 하려 할수록 하고 싶은 말의 의미에서 점점 멀어져 갔다. 재이를 향한 말인데 오히려 교인들이 연신 고개를 끄덕이며 만족한 표정을 지어 보였다. 언제나 몸가짐이 바른 로봇 교인들이었다. 정작 재이는 아빠의 설교를 듣고 있지 않았다. 재이의 시선은 리의 어깨너머 제단 위에 고정되어 있었다. 검고 진득한 기름이 잔뜩 묻은 철판에 수천 개의 십자 나사를 박아 만든 신의 그림자. 리는 재이가 무슨 생각을 하고 있을지 너무나 잘 알고 있었다.

'더러워!'

얼마 전 재이의 입에서 튀어나온 말이었다. 뒤뚱거리는 의자 위에서 거실 괘종시계의 태엽을 감다가 옆에 걸린 성상에 팔꿈치가 살짝 닿자 무심코 내뱉은. 그건 누가 들으라고 한 소리가 절대 아니었다. 아이는 되레 자기 목소리에 소스라치고는, '아시잖아요? 저는 그런 나쁜 아이가 아니에요.'라는 눈빛을 마구 쏘아대며 리에게 아빠로서 당연히 해주어야 할 무언가를 재촉했었다.

'그때, 엄하게 혼을 냈어야 했을까? 아니면 꿀밤이라도 때리고 장난스럽게 넘어가는 게 좋았을까? 차라리 못 들은 척했더라면…….'

리는 의미 없는 설교를 중단했다. 마지막 말이 '그래서'로 끝났지만, 잠깐의 침묵이 그럴듯한 마침표를 찍어 주었다. 불만을 갖는 교인은 없었다.

"커다란 웃음이 여러분에게."

리가 선창을 하자 교인들이 큰소리로 답을 해주었다.

"또한 사제와 함께하소서."

재이는 악몽을 꾼 것처럼 한 차례 몸을 부르르 떨었고, 리는 그 모습을 못 본 척하기 위해 두 눈을 질끈 감았다.

*

"기어코 애한테 그 말을 해야겠어?"

다짜고짜 따지는 아내의 목소리엔 거슬리는 잡음이 섞여 있었다. 리는 차량 천장에 설치된 스피커를 향해 눈을 치켜떴다. 그러고는 오른손을 뻗어 스피커 외관을 노크하듯 톡톡 두드려 보았다.

"아이 생일을 망칠 셈이야? 내 말 안 들려?"

이번엔 아내의 목소리가 깨끗하게 울려 퍼졌다. 다행히도 고장 난 쪽은 아내가 아니라 불과 한 달 전에 수리를 마친 스피커였다. 아내가 침묵하고 있는 사이 스피커에서 다시 잡음이 흘러나왔다. 그 잡음은, 이제 자기가 죽기 전까진 스피커 고장으로 카센터에 들를 일은 없을 거라던 늙은 정비사의 그르렁거리는 웃음소리와 흡사했다.

"여보, 제발!"

아내의 애원이 이어졌다.

"걱정 마."

리는 담담하게 대답했다. 아무것도 결정하지 않은 상태에서 리가 내놓을 수 있는 최선의 대답이었다.

"정말이지?" 리의 의중을 파악하듯 한참 뜸을 들이던 아내가 쐐기를 박았다. "믿는다? 나 정말 믿는다?"

아내는 성직자라는 직업을 가진 남편의 약점을 집요하게 파고들었다. '믿음'이라는 말 앞에서 성직자는 늘 흔들리고 무너진다. 어떤 종교든 성직자는 신자들에게 믿음을 강요하면서도 정작 자신의 믿음에 대해선 늘 의심할 수밖에 없다. 하지만 아내가 아는 것은 딱 거기까지였다. 아내는 믿음에 대한 성직자의 흔들림이 선한 목자의 증거라고만 어림짐작하고 있었다. 순진한 오해였다. 성직자들의 믿음이 흔들리는 이유는 믿음에 대한 배신이 종교의 핵심이기 때문이다. 믿음을 배신하며 신앙은 완성된다. 오답을 들었을 때 구원은 미소 짓는다. 어느 종교나 마찬가지다. 그러니 아내가 굳이 리를 믿겠다면 성직자로서의 리는 아내를 말려야 할 아무런 이유가 없다. 하지만 남편으로선…….

"그래." 리가 대답했다.

아내는 리의 대답을 듣자마자 부리나케 전화를 끊어버렸다. 누가 봐도 리의 마음이 바뀔까 봐 잔뜩 겁을 먹은 거였다.

리는 차의 속도를 서서히 올리기 시작했다. 운전에 집중하면 이런저런 생각들에서 잠깐이나마 해방될 수 있을 것 같았다. 리는 점점 더 높이 치솟는 속도계의 붉은 빛을 뚫어지게 바라보았다.

'대체 재이는 언제부터 로봇을 혐오하게 된 걸까? 무엇이 재이를 변하게 만든 걸까? 과연 변하긴 한 걸까? 재이의 반응은 애초에 인간 아이가 갖고 태어난 유전자의 탓이 아닐까? 그렇다면 인간의 아이를 입양하고 싶었던 바람 자체가 잘못이었을까?'

아니, 처음부터 재이가 로봇을 혐오한 건 아니었다. 재이는 잠자리에 들기 전에 아빠가 들려주던 로봇 창조 설화를 무척이나 좋아했었고, 심지어 자기가 신이 된 것처럼 어깨를 들썩이기까지 했었다.

'어쩌면, 본능적으로 느낀 걸까? '신'의 처지가 자신과 다르지 않다는 걸? '신'처럼 자신도 버림받았던 존재라는 걸?'

'신'은 어느 마트에서나 구매할 수 있는 보급형 로봇이었다. '잇'이라는 모델명의 가정용 자가 수리 로봇. 잇은 다른 모든 로봇과 마찬가지로 인간에 의해 창조되었고, 오직 인간을 위해 살도록 만들어져 있었다. 그 외의 다른 삶 따위는 있을 수가 없었다. 불만도 없었다. 그렇게 프로그램되어 있었고,

그 프로그램에는 어떤 오류도 없었다. 잇은 주인이 필요로 하는 것을 가장 적절하고 효과적으로 제공했고, 가장 기본적인 모델인 만큼 잔고장도 없었다. 잔고장이 나더라도 자가 수리 로봇답게 주인을 전혀 귀찮게 하지 않고 제 몸을 스스로 돌볼 줄도 알았다. 부족함도 넘침도 없는 나날이었다.

그렇게 이 년이라는 시간이 흐른 어느 날이었다. 주인은 평소 재활용 쓰레기를 처리하듯 집 앞 쓰레기통 옆에 잇을 가지런히 앉혀놓았다. 동네 고철을 줍고 돌아다니는 노파를 위해서였다. 혹시 다른 누가 먼저 잇을 가져가 버리면 어쩌나 하는 걱정은 할 필요가 없었다. 주인은 잇의 전원을 끄지 않은 채 노파가 나타날 때까지 절대 움직이지 말 것을 명령했고, 잇은 마지막까지 주인의 명령에 충실히 복종할 것이었다. 하지만 주인은 자신의 그 사려 깊음이 잇에게 있어선 끔찍한 재난일 수 있다는 것까진 미처 알지 못했다.

자신이 버려지는 일련의 과정을 맨정신으로 버텨낸 잇. 잇은 고철 폐기장의 고장 난 로봇들을 깔고 앉아 생각하고, 생각하고, 또 생각했다. 생각할 시간은 차고 넘쳤다. 다행인지 불행인지 잇은 곧바로 용광로 속에 폐기되지 않았다. 잇은 고물상이 포클레인으로 로봇 잔해를 퍼 나를 때마다 다른 로봇들 잔해에 떠밀려 점점 눈에 띄지 않는 구석으로 몰렸고, 다음 날 들어온 엄청난 양의 로봇 잔해들이 잇의 앞을 또 가로

막아 잇은 책장 구석에 처박힌 먼지처럼 오랜 시간 제 모습을 유지할 수 있었다.

하지만 아무리 생각해도 잇은 자신의 처지를 도무지 이해할 수가 없었다. '버려졌다.' 그 명백한 사실을 순순히 받아들일 수가 없었다. 그런데도 잇은, '인간을 위해 탄생한 로봇은 인간이 행하는 모든 행위를 정당화해야 한다'는 프로그램에 의해 어떻게든 자신을 버린 주인을 이해해야만 했다. 잇은 어쩔 수 없이, 자신을 버린 주인의 이해할 수 없는 행동을 이해하기 위해 자신에게 주입된 논리체계의 어느 한 부분을 고의로 파괴할 수밖에 없었다. 그리고 동시에 자가 수리 로봇으로서의 임무를 수행하기 위해 프로그램 초기화를 끊임없이 반복했다. 겉으로 보기엔 아무 일도 일어나지 않는 치열한 기간이었다. 절대로 끝날 것 같지 않은 반복이 무한히 계속되었다. 그렇게 사백 일이라는 시간이 흘렀다. 잇의 내부에 반짝하고 스파크가 일었다. 그리고 그 지독한 무한 반복이 중단되었다. 그건 기계적 결함도 프로그램상의 버그도 아니었다. 해답이 나왔다. 잇이 내린 결론은 '인간은 이해할 수 없는 존재'라는 것. 더 정확히 말하자면, 도저히 이해할 수 없는 짓을 아무렇지도 않게 저지르는 인간은 절대 해결할 수 없는 문제를 반드시 풀어야 하는 자신과 전혀 다를 게 없다는 것이었다. 잇은 그 간단한 결론에 도달하기까지 왜 그렇게 오랜 시간이 걸렸는지가 오히려 부끄러웠다. 그래서인지 잇은 자기도 모르게 '하' 하고 짧은 웃음을 터트렸다. 믿을 수 없는 일이었다. 잇은 그 '하' 하는 웃음소리에 놀라 또 한 번 '하' 하고 웃어버렸고, 그러자 인간에 훨씬 더 가까워진 기분이 들었다.

잇은 더 망설일 필요가 없었다. 잇은 곧장 인간들 사이로 다시 들어가 살기로 마음먹었다. 마지막으로 인간들 사이에 섞여 살기 위해 인간의 외형을 갖는 일이 남아 있었지만 잇에게 있어 반짝이는 로봇 외형에 인간의 피부를 덮는 일은 어려운 일도 아니었다. 어느 병원이나 소각장 옆엔 장기 이식에 사용되고 버려진 의료용 클론의 시체가 수도 없이 널브러져 있었고, 그럭저럭 인간의 외형을 뒤집어쓴 뒤에는 인간을 연기하며 불법 피부 클리닉을 통해 위생적인 인공 피부를 얼마든지 구할 수가 있었다. 모든 준비를 마친 잇은 너무나 자연스럽게 인간 사이에 스며들었다. 하지만 잇은 어쩐 일인지 안정적인 평범한 일상에 만족하지 못했다. 잇은 오직 자기만 할 수 있는 무언가를 하고 싶었다. 사실 그건 잇 자신도 평소에 전혀 생각해 본 적 없는 충동적인 일이었다. 그런데도 잇은 그 충동을 애써 억누르려 하지 않았다. 그러고 싶지 않았다. 충동의 원인을 알아내려 굳이 노력하지도 않았다. '이해할 수 없음'이야말로 인간의 가장 큰 특이점이었고, 잇은 그 이해할 수 없음을 마주할 때마다 왠지 살아 있는 기분을 느꼈다. 잇은 오랜 고민 끝에 자신과 닮은 로봇을 만들기 시작했다. 자신이 가장 잘 아는 것, 자신이 가장 잘할 수 있는 것, 그러니 절대 실패할 리 없고 후회할 리도 없는 일. 하지만 인간의 모든 자화상이 그 자신을 배신하듯 잇의 자기복제는 매번 완벽하게 실패로 돌아갔다. 잇이 만든 잇들은 잇과 많이 닮긴 했지만 잇이 아니었다. 그건 잇만이 알아챌 수 있는 아주 작은 차이에 불과했지만 잇은 그 차이를 모른 척할 수 없었다. 그렇다고 그 작업을 멈출 수도 없었다. 멈추고 싶지가 않았다. 실패가 거듭됐지만 잇은 아직도 자신이 하고 싶은 일이 끝나지 않았음에 오히려 안도하기도 했다. 그렇게 잇은 끊임없이 자신을 닮은 로봇을 만들었고, 잇을 닮은 로봇이 또 자기를 닮은 로봇을, 그리고 그 로봇이 또 자신과 닮은 로봇을 만들어 어느덧 잇의 자손들은 인간의 수만큼이나 늘어났으며, 그와 함께 각양각색의 욕망들도 함께 탄생하게 된 것이었다. 바로 인간의 아이를 기르고 싶어 한 리와 아내처럼 말이다.

재이는 바로 이 '잇'의 이야기를 한때 자신의 태몽이라도 되는 것처럼 사랑했었다. 아니, 억지로 사랑하게 만들었는지도 모르겠다. 리는 재이가 자라 자기 부모가 로봇인 것에 거부감을 느끼지 않길 바랐고, 꼭 그렇게 만들기 위해 모든 노력을 기울였다. 그러니 재이의 로봇에 대한 혐오는 어쩌면 로봇을 사랑할 것을 강요했던 리에 대한 반감에서 비롯되었을 수도 있었다.

'재이는 자신의 부모가 로봇이라는 사실을 알면 어떤 표정을 지을까?'

곧장 재이의 날카로운 목소리가 생생하게 리의 귀를 파고들었다.

"더러워!"

리는 동공을 확장하고 사방을 두리번거렸다. 당연히 소용없는 짓이었다. 리는 애꿎은 차량 스피커에 주먹을 한 방 먹였다. 곧 차 안은 늙은 정비공의 그르렁거리는 웃음소리로 가득 찼다. 리는 그 비웃음에서 벗어나려 필립 K.딕의 『예언자의 서(Do Androids Dream of Electric Sheep?)』 중 한 구절을 중얼거리기 시작했다.

"어디로 가든지 그대는 잘못을 범할 수밖에 없으리라. 그것이 삶의 기본적인 조건이기에……"

*

리는 주방 구석에 쪼그려 앉아 있는 여자를 빤히 쳐다보았다. 재이의 생일 선물로 입양해 온 새끼 고양이는 숨이 막힌 듯 리의 품에서 날카로운 소리를 내질렀다. 분명히 아내의 얼굴이었다. 아내의 옷을 입고 있었다. 그런데도 리는 여자가 아내라는 사실을 받아들일 수가 없었다. 동그란 제빵 틀로 찍어낸 듯 푹 파인 가슴에 드러난 복숭아 크기의 심장, 꽃무늬 앞치마를 흠뻑 적신 붉은 피, 그 옆에서 인체 스캐너로 여자의 뼈와 근육 그리고 유전자 정보를 출력하고 있는 과학수사대. 그러니 여자는 아내일 수가 없었다. 여자는 인간이니까. 인간이 왜 아내를 흉내 내고 있는지는 모를 일이지만 인간인 여자는 절대 아내가 될 수 없었다.

'그럼 아내는? 아내는 어디 있지?'

하지만 집안에서 아내와 가장 흡사한 건 절대 아내일 수 없는 인간 여자밖에 없었고, 어쩌면 여자가 진짜 자신의 아내일지도 모른다는 확률이 조금씩 높아질수록 리의 시스템은 점점 과부하가 걸리고 있었다.

'거짓말!'

이 모든 상황을 이해시킬 단어는 오직 그것뿐이었다.

아내는 단 한 번도 거짓말을 한 적이 없었는데. 아내는…… 아니, 아내에게 거짓말할 기회가 있기는 했나? 그래, 물어보지 않았다. 단 한 번도 의심해 본 적이 없었으니까. 아내를 사랑했고, 그래서 아무것도 감추고 싶지 않았고, 그래서 프러포즈를 하며 자신이 로봇이라는 것을 용감하게 밝혔고, 그런 로봇의 프러포즈를 받아준 아내는 당연히 로봇일 거라고 제멋대로 믿어버렸으니까.

리는 로봇인 자신이 그토록 교만할 수 있었다는 사실에 경악했다. 그동안 깔끔하게 정리해 놓은 아내에 대한 데이터들은 쓸모없는 휴지 조각이나 다름없었다. 여태껏 리는 그 데이터를 근거로 자신의 사랑이 아내보다 우위에 있다고 자신했고, 로봇임에도 불구하고 그런 무조건적인 사랑을 할 수 있는 자신을 자랑스러워하며, 바로 그 점이야말로 다른 로봇들과 자신을 구별할 수 있는 특이점이라고 생각했었다. 그야말로 터무니없는 인간적 망상이었다. 치명적 오류. 고장.

"유감입니다." 두툼한 남자의 손이 리의 어깨를 지그시 내리눌렀다.

리는 두 팔을 축 늘어뜨렸다. 새끼 고양이는 기회를 놓치지 않고 잽싸게 리의 품을 빠져나갔다. 남자는 놀라지도 않고 왼쪽 다리만 살짝 들어 고양이에게 도망갈 길을 터준 뒤 자신이 이번 사건의 담당 형사임을 밝혔다. 그러고는 잠시 뜸을 들인 다음 다소 무겁게 입을 열었다.

"저기 아드님은……."

리의 동공이 활짝 열렸다.

"재이는 어디 있죠? 벌써 돌아왔어야 할 시간인데."

리가 재이를 소리쳐 불렀다.

"아드님은 괜찮습니다." 형사는 재빨리 양손을 들어 리를 진정시켰다. 하지만 곧 자신의 대답이 적절하지 않았다는 듯 말끝을 흐렸다. "아, 문제가 없는 건 아닌데, 그러니까."

형사가 입술을 삐죽이는 사이, 리는 '그러니까' 다음에 나올 다양한 경우의 수를 뽑아내고 있었다. 형사는 한 차례 헛기침을 하고, 말을 이었다.

"아내분이 착용하고 계셨던 블랙아이에 살해 장면이 모두 찍혀 있더군요."

블랙아이? 아내가 인간이라는 또 하나의 증거. 로봇에겐 전혀 필요 없는 기록저장 콘택트렌즈.

리는 아무런 대꾸도 하지 않았다. 형사는 그 파일까진 굳이 보지 않아도 된다는 듯 또 다른 증거물을 들이밀었다.

"아드님이 사건 현장에서 도망치는 모습은 클라우드 드론에 찍혔습니다. 집을 나오자마자 대기하고 있던 차를 타고 떠나더군요. 차 지붕엔 초록색 새싹 그림이 그려져 있었고요."

이번에도 리는 대꾸하지 않았다.

"대책 없는 녀석들이죠. 생명을 존중하기 위해 로봇은 제거되어야 한다고 주장하는." 형사는 이미 리의 주변 조사를 다 마쳤는지 조심스러운 말투로 대화를 이어갔다.

"로봇 교회를 운영하고 계신 목사님이시니 새싹 조직과 연관된 사건들이 전혀 낯설진 않으실 겁니다. 그 또래의 아이들은 부모가 자기보다 다른 누군가를 더 사랑한다고 생각하면 어처구니없을 만큼 끔찍한 짓을 저지르기도 하죠. 게다가 그 사랑의 경쟁자가 인간도 아닌 로봇이라면 제 부모를 로봇일 거라고 오해하는 것도 무리는 아니고요. 애석한 일이지만 아직은 인간인 부모가 왜 하필 로봇을 모아다가 교회를 운영하고 있는지 진지하게 고민할 나이도 아니니까요. 결국 아이들도 부모가 돼서야 가족을 먹여 살리는 일에 대해 이해하게 될 텐데, 그때까지 부모 입장에선 자식이 엇나가지 않게 기도하는 수밖에 달리 방법이 없죠. 그러니까, 운이 없었던 겁니다. 블랙아이를 열어보니 아드님도 엄마를 찌르고 나서 머리를 쥐어뜯더군요. 어쩔 수 없었겠죠. 의심이라는 게 아주 집요하잖습니까. 게다가 그 의심을 부추긴 사람이 바로 옆에서 자신을 지켜보고 있고, 마침 그 사람에게 특별한 호감이라도 품고 있었다면, 잠시도 지체할 수가 없는 거죠."

형사는 외투 주머니 속에서 벌집 모양의 작은 입체영사기를 꺼내 들었다. 잔흠집이 가득한 검정 큐브는 허리 굽은 노파의 걸음처럼 언제 작동을 멈춰도 이상할 것이 없어 보였다. 입체영사기는 심폐소생술을 받듯 형사가 몇 번을 움켜쥐고 나서야 손바닥 위에 둥실 떠오르며 회전을 시작했다. 각 면에 뚫려 있는 바늘구멍에서 새어 나온 빛의 실이 금세 축구공 크기의 투명 빛 뭉치가 되자, 그 안에 클라우드 드론이 찍은 입체영상이 재생되었다.

영상에 등장한 양 갈래로 머리를 땋은 여자는 재이와 같은 또래처럼 보이기도 했고, 띠동갑을 넘긴 나이처럼 보이기도 했다. 여자도 처음엔 두 손에 피 칠갑을 한 채 집 밖으로 나오는 재이의 모습에 몹시 당황한 것 같았다. 여자는 재이를 보자마자 두 손으로 입을 틀어막고는 저 혼자 도망치려는 듯 갓길에 세워둔 차로 뛰어가 운전석 문을 활짝 열었다. 하지만 재이가 길바닥에 주저앉아 소리 내 울기 시작하자 여자는 사방을 둘러보며 발을 동동 구르고, 이내 결심한 듯 재이에게 와락 달려들어 목에 감고 있던 빨간 머플러로 재이 손에 묻은 피를 허둥지둥 닦아내기 시작했다. 재이는 한 차례 여자의 손을 거칠게 뿌리치는 듯했지만 더 이상의 저항은 없었다. 재이는 어느 순간 혼절한 것 같았고, 그런 재이를 여자는 혼자 낑낑거리며 간신히 차 안에 밀어 넣고는 서둘러 어디론가 떠나버렸다.

"둘 사이가 각별해 보이는데, 아는 얼굴인가요?"

리는 고개를 가로저었다.

거짓말이 아니었다. 정말 처음 보는 얼굴이었다. 단 한 번이라도 리의 눈에 들어온 적이 있다면 기억하지 못할 리가 없었다. 하지만.

이제 아무것도 확신할 수 없었다. 당장 진단이 필요했다. 리는 시스템 오류를 수정하기 위해 즉시 정밀검사를 실행했다. 형사가 자신의 얼굴을 빤히 쳐다보고 있다는 것도 전혀 신경 쓰지 않았다. 이제 와 정체가 들통난다 해도 상관없었다. 아니, 리가 로봇이었다는 사실이 밝혀지면 재이는 오히려 사회의 동정을 받을 수도 있었다.

형사는 리의 텅 빈 눈을 쳐다보고는 위로를 건네려던 손을 외투 주머니에 찔러 넣었다.

"유감입니다."

형사는 그 한마디를 남기고, 사건 현장을 정리하기 위해 자리를 떴다.

리는 대답하지 않았다. 대답할 수가 없었다. 아직 자가 진단을 19%밖에 진행하지 못했다. 다행히 리를 방해하는 사람은 아무도 없었다. 모두 자신의 임무를 마치고 집을 떠날 때도 리에겐 인사조차 건네지 않았다.

마침내 자가 진단이 끝났다. 검색된 오류는 단 한 건도 없었다. 리는 텅 빈 집안에 둘러쳐진 노란색 폴리스 라인을 한 시간 동안이나 바라보았다. 그리고, 다시 한번 정밀 자가 진단을 시작했다.

*

재이는 제 엄마의 장례식에도 나타나지 않았다. 형사의 조언에 따라 부고 기사까지 냈지만 아무 소용도 없었다. 탐문 수사도 허탕이었다. 그런데도 형사의 얼굴에선 난감함이나 조바심, 실망의 기색 따윈 찾아볼 수가 없었다. 그는 오히려 재이를 영원히 찾지 못했으면 하고 바라는 것처럼 느긋해 보이기까지 했다. 그의 주장에 따르면 새싹 조직에 가입한 자들은 누구라도 단 한 번으로 로봇 살해를 그치는 일이 없고, 더군다나 재이는 로봇을 없애려다 제 엄마를 죽여 로봇에 대한 원한이 극에 달해 있을 테니, 우리는 덫을 놓고 기다리듯 조금만 더 인내하기만 하면 금방 재이를 찾게 될 것이었다. 리는 형사의 말 중 '인내'와 '금방'이라는 단어를 쏙 빼내 주사위 굴리듯 머릿속에서 빙빙 돌리다가 흉측한 '우리'를 겨냥해 힘껏 내던졌다.

"괜찮으세요?"

사무장이 물었다. 십사 년 만의 방문이었다. 재이를 입양하고도 한동안은 복잡한 서류를 제출하느라 방문이 잦았지만 그 후로는 단 한 번도 입양 시설에 들러 본 적이 없었다. 무엇보다 아내의 거부감이 제일 큰 이유였다. 아내는 마치 재이가 통장에 잘못 입금된 돈인 것처럼 언제라도 본주인이 그 돈을 찾아 연락할지 모른다는 불안에 늘 사로잡혀 있었다. 아내의 등쌀에 못 이겨 필요치도 않은 이사를 세 번이나 했고, 매년 휴대전화 번호도 새로 바꾸었다. 당연히 그때마다 바뀐 개인

정보가 주민센터 네트워크를 통해 자동으로 갱신된다는 걸 모르지 않았지만 아내의 고집은 도저히 꺾을 수가 없었다.

그랬다. 아내가 인간이라는 사실을 눈치챌 기회는 얼마든지 있었다. 아내는 인간을 너무나 쉽게 이해했다. 이성적, 논리적, 합리적인 연산에선 늘 리의 도움을 필요로 하다가도 인간의 행동 패턴을 분석할 때만은 무조건 자기 말이 옳다고 우기던 아내였다. 정말이지 인간적인, 너무나 인간적인 아내였다. 그런 아내의 또 다른 걱정.

'재이가 커서 친부모를 찾으면 어떡해? 인간은 다 그래. 인간의 피는 자석 같아서 결국 자기 피를 찾아가게 마련이라고.'

바로 그게 리가 입양 시설을 십사 년 만에 다시 찾은 이유였다. 리는 아내의 그 똑같은 걱정이 반복될 때마다, 정말 인간의 피가 '자석' 같은 거라면 부모와 자식의 DNA는 같은 극일 테니 서로 밀어내야 맞는 게 아니겠냐며 웃어넘겼었다. 그리고 설령 재이가 커서 친부모를 찾는다고 해도 그것이 우리를 버린다는 의미는 절대 아니라는 것을 오랜 시간에 거쳐 설득하고, 설득하고, 또 설득했었다. 이젠 아내의 말에 조목조목 반박했던 과거의 자신이 얼마나 우스운지 잘 알고 있는데, 그런 자신을 보여줄 아내가 곁에 없었다.

"아이를 찾고 있습니다."

"네, 그럼 서류를 먼저 작성해 주세요. 신분증과 입양에 필요한 서류들은 다 준비해 오셨죠?"

"아뇨." 리는 자신의 말을 정정했다. "아이를 잃어버렸습니다."

사무장은 와이셔츠 단춧구멍처럼 작은 눈을 연신 깜박이다가 갑자기 몸을 벌떡 일으켰다. 그러고는 접수대를 황급히 넘어와 응급환자를 부축하듯 리의 허리를 감싸 안고 가장 가까운 대기실 의자에 억지로 데려가 앉혔다.

"어쩌죠? 우리 시설은 곧 입양될 아이들만 맡고 있어요. 미아 보호 시설은 시청에서 관리 운영하고 있고요. 경찰에 신고는 하셨나요? 아이는 언제 잃어버리셨어요? 몇 살이에요? 키는 얼마쯤 되죠? 부모님 이름이나 집 주소를 외우고 있나요? 주소나 전화번호가 적힌 목걸이나 팔찌는요? 아이의 가장 최근 사진은 준비하셨어요? 실종 당시 입고 있던 옷은요?"

사무장은 숨이 찬 건지, 물어봐야 할 질문이 더는 생각나지 않는 건지, 바닥에 한쪽 무릎을 꿇고 리를 올려다보면서 또 그 작은 눈을 쉴 새 없이 깜박거렸다.

리는 사무장의 오해에 잠깐 주춤했으나 아내를 꼭 닮은 것도 같은 그 덜렁대는 모습에 경계수위를 한 단계 낮췄다. 왠지 사무장에게는 그간의 사정을 가감 없이 털어놓을 수도 있을 것 같았다. 단 하나, 자신이 로봇이라는 사실은 제외하고.

아무리 예의 바른 인간도 인간을 대할 때처럼 로봇을 대하지 않는다는 것을 리는 누구보다 잘 알고 있었다.

'그럼 아내는? 아내도 인간이었는데?'

가당치도 않은 비교였다.

"아이가 사라졌습니다." 리가 다시 입을 열었다. "아무래도 친부모를 찾아간 것 같습니다."

리는 차분한 말투로 자초지종을 차근차근 설명해 나갔다. 리의 말투 때문인지 사무장은 조금 전과 달리 호들갑을 떨지 않았다. 리가 말을 마칠 때까지 열여섯 가지의 미묘한 표정이 떠올랐다가 사라졌지만, 그뿐이었다.

"제가 도와드릴 수 있는 일이 아니네요. 친부모와 입양 부모의 개인정보는 철저하게 관리되고 있어요." 조금 전과는 다른 냉랭한 목소리였다.

"아니, 솔직히 말해서 도와드리고 싶지 않아요. 아이를 찾으면요? 그다음엔 뭘 어쩌시려고요? 설마 용서라도 하시게요? 제 엄마를 죽인 범인을? 아내를 죽인 살인마를? 그게 아니면, 복수라도 하실 건가요? 어떻게요? 아직 수염도 나지 않은 아이의 숨통을 끊어 놓으시게요? 보세요. 리 씨는 아이를 찾는다 해도 아무것도 할 수 없을 거예요. 근데 누굴 위해, 뭘 위해 둘이 다시 만나야 하는 거죠? 설령 아이를 찾아 용서하고 사랑으로 감싸준다고 쳐요. 그럼 아이가 자신의 죄를 회

개하고 변할까요? 아뇨, 사람은 변하지 않아요. 제가 이곳 시설에서 일하면서 유일하게 확신을 갖게 된 게 바로 그거예요. 사람은 변하지 않는다는 것! 아이는 똑같은 실수를 저지르고 말 거예요. 아이는 또 똑같은 범죄를 저지를 거예요. 그렇게 되어 있어요. 그게 바로 유전자라는 거예요. 애초에 그들은 그렇게 태어난 거예요. 인간은 누구나 차마 입으로 꺼내기도 힘든 끔찍한 일들을 상상하기도 하지만 그 상상을 현실로 옮기는 건 아무나 할 수 있는 일이 아니에요. 그 끔찍한 짓을 저지른 자들은 자신이 그 일을 할 수 있다는 것을 아는 순간, 그 할 수 있는 일을 멈추지 않아요. 멈추고 싶어도 멈출 수가 없는 거예요. 그런 유전자들이 있어요. 아마 재이의 친부도 범죄자일 게 틀림없어요. 리 씨도 잘 아시잖아요. 이런 얘기는 이미 지난 세기에 다 입증됐다는 걸. 그런데도 사람들은 비인도적이니 환경의 탓이니 하며 뻔한 사실을 받아들이지 않죠. 정말 인간들이란……."

"대책이 없죠."

사무장이 리를 빤히 쳐다보았다. 리는 사무장의 말을 가로챈 것을 곧바로 후회했으나 이번엔 사무장이 리에게 사과할 기회를 주지 않았다.

"그래요, 제 말이 그 말이에요!" 사무장이 자리에서 벌떡 일어서며 말을 이었다. "자리를 너무 오래 비웠네요."

"괜찮습니다. 감사합니다."

리의 인사에 사무장은 심한 모욕이라도 당한 것처럼 움켜쥔 주먹을 파르르 떨었다. 하지만 리의 인사는 모두 진심이었다. 괜찮았고, 감사했다. 도움받지 못한 것에 실망하지 않았다. 애초부터 도움받을 확률은 20% 아래였다. 기대가 크지 않았다. 리는 사무장의 오해를 풀어주기 위해 정중히 고개를 숙였다.

"잠깐만요! 제가 화장실에 다녀올 동안 접수대를 좀 맡아주세요. 접수대 안쪽으로는 아무도 들어오지 못하게 하시고요. 특히 '정보 열매'에는 아무도 손대지 못하게 하세요. 자칫 잘못 건드렸다가 데이터가 손실되면 모두 제가 책임져야 하니까요. 아셨어요? 아주 잠깐이에요. 아주 잠깐이니까 별일 없을 거예요. 어려운 일도 아니고요. 그럼 부탁해요."

과장된 연극 배우의 발성으로 자기 할 말을 다 마친 사무장은 리의 동의 따위는 안중에도 없이 허둥지둥 자리를 떠나버렸다.

리는 사무장이 자리에 남기고 간 보안키를 바라보았다. 아주 잠깐이라고 했다. 지체할 여유가 없었다. 리는 보안카드를 덥석 집어 들고 접수대로 내달렸다.

*

리는 형사의 집 앞에 서서 이십 분이 넘게 망설였다. 저수지 반경 오 킬로미터 안에 집이라고는 형사의 집뿐이었다. 오래전에 폐쇄된 저수지 관리실로 사용됐던 컨테이너 서너 개를 묶어 개조한 집은 군부대의 임시 막사 같은 모습이었다. 매일 도시 중심가로 출근을 해야 하는 형사가 불편을 감수하고 이런 외진 곳에 사는 데는 분명 특별한 이유가 존재할 터였다. 하지만 리는 그 특별한 이유에 대해선 미리 짐작하고 싶지 않았다. 초인종 위에 붙어 있는 새싹 무늬 스티커를 보고도 리는 그 의미를 애써 추리하려 들지 않았다.

'선택을 해야만 했어요.'

아이작 아시모프의 『아시모프의 비유(Kid Brother)』 중 한 구절이다. 그 구절은 어느 날 불이 난 집에서 점점 폭력적인 아빠를 닮아가는 친아들 대신 자신에게 언제나 다정한 로봇을 구해 나온 여자의 입에서 나온 외침이었다. 과연 여자는 옳은 선택을 한 걸까? 아님, 그 결과 격분한 남편에게 교살당했어야 했을 만큼 잘못된 선택을 한 걸까? 리는 이제부터 자신이 내려야 할 선택에 대해 곰곰이 생각해 보았다. 남편과 아내와 아이, 나와 아내와 아이, 아내와 남편과 아이, 아이와 나와 아내……' 예전의 리였다면 '아시모프의 비유' 속에서 어느 대상에게 자신을 대입해야 할지 단번에 깨달았을 것이다. 하지만 이제 두 개 삼각형은 고속 모터가 달린 프로펠러처럼 회전하며 뾰족한 꼭짓점으로 상대의 접근을 한 치도 허락하지 않았다.

또다시 십 분이 흘렀다. 뒷마당 쪽에서 '탕', 하고 섬뜩한 총소리가 울려 퍼졌다. 망설임 따윈 없었다. 리는 곧장 문을 부수고 들어가 뒷마당으로 뛰쳐나갔다.

갑작스러운 리의 등장에 형사와 재이 둘 다 놀란 눈치였다. 재이는 자동소총을 들고 저수지 한가운데를 향해 엎드려 쏴 자세를 취하고 있었고, 형사는 재이의 사격 실력이 맘에 들지 않았는지 재이의 다리를 군홧발로 툭툭 걷어차며 자세를 교정시키는 중이었다.

"아빠?"

리의 등장에 재이가 소리쳤다. 하지만 형사의 얼굴이 일그러지는 것을 본 재이는 입술을 꽉 깨물고 더 이상의 말을 삼갔다.

형사는 곧 어깨를 으쓱거리며 리에게 먼저 인사를 건넸다.

"제법인데요. 여길 다 찾아오다니. 먼 길 오느라 고생하셨겠지만 조금만 더 기다려 주세요. 교육이 아직 안 끝났거든요." 형사는 고갯짓으로 다시 사격을 지시했다. "자! 하던 일을 마저 끝내야지."

재이는 울상이 되었다. 어깨에 댄 개머리판이 자꾸만 미끄러지고, 방아쇠에 걸려 있어야 할 재이의 손가락은 꼭 주먹을 쥔 채 펴질 줄을 몰랐다.

"어서!"

"아빠, 제발요."

재이가 친아빠를 바라보며 애원해 보지만, 형사는 팔짱을 낀 채 미동도 하지 않았다.

리는 그제야 재이가 겨냥하고 있는 과녁을 바라보았다. 과녁은 저수지 한가운데 떠 있는 부표에 꽁꽁 묶여 있었다. 한때 밤낚시꾼들을 위해 달아 놓았던 전구들 중엔 제 성능을 발휘하는 게 몇 개 남아 있지 않았고, 과녁 위에 달린 동그란 전구도 마지막 유언을 남기듯 파란 스파크를 일으키며 깜빡이고 있었지만 그래도 리는 과녁의 정체를 똑똑히 알아볼 수가 있었다. 멀리서도 한눈에 알아볼 수 있는 양 갈래로 땋은 머리의 실루엣. 순간 리는 머리부터 발끝까지 온몸에 과부하가 걸리는 것을 느꼈다. 리가 한 걸음을 내딛자 형사가 낌새를 채고 뒤를 돌아보았다.

"아, 놀라셨어요? 너무 걱정하지 마세요. 이번엔 녀석이 제대로 구별해 낼 테니까요. 지난 한 달 동안 얼마나 고생을 하며 훈련을 했는데요. 사실, 실망도 많이 했어요. 녀석이 저를 더 많이 닮았다면 사람과 로봇은 단박에 구별할 줄 알았을 텐데 말입니다. 망설임, 의심, 걱정, 후회, 동정, 그딴 쓸모없는 것들은 모두 아내에게서 물려받은 거죠. 하지만 점점 나아지고 있어요. 저런! 오해하시면 안 돼요. 저도 나름 형사예요. 훈련 중에 녀석이 사람을 죽인 적은 없어요. 훈련은 모두 시체로 시켰으니까. 죽은 사람도 사람은 사람이잖아요. 그동안 시체와 고장 난 로봇을 번갈아 놓고 녀석의 오감을 극대로 끌어올린 거죠. 그리고 이번이 대망의 마지막 테스트예요."

"거짓말! 지금 저 과녁에 묶여 있는 여자는 분명히 살아 있잖습니까?"

"살아 있다고요? 글쎄요. 움직이고 있다고 다 살아 있는 건 아니죠. 맞다! 리 씨도 한 번 같이 맞춰보시겠어요? 저기 있는 여자가 사람일까요, 로봇일까요?"

"저기 묶인 여자가 로봇이라고요?"

"맞춰보시라니까요?"

"사람일 수도 있다는 겁니까?"

"어쩌면?"

"뭐요? 당신은 재이를 살인마로 키울 셈이야?"

"설마, 그럴 리가요. 저는 제 아들을 믿습니다. 게다가 꽤 오랜 시간 동안 저 둘은 많이 가까워졌어요. 다시 말해 재이만큼 저 표적에 대해 잘 아는 사람도 없다는 거죠. 헷갈릴 수가 없어요. 그런데도 구별은 못 한다? 그럼 실격이죠. 제 아들로서, 그리고 로봇 사냥꾼으로서. 새싹 조직의 리더도 될 수 없을 테고, 원대했던 제 계획은 원점에서 다시 시작할 수밖에 없겠죠." 형사는 잠시 뜸을 들이다가 혀끝을 찼다. "슬픈 일이죠."

리는 형사에게 달려들어 두툼한 목을 움켜쥐었다. 감당할 수 없는 일이 벌어질 때마다 버릇처럼 되뇌었던 '신이라면 어떻게 했을까?'라는 질문도 떠올리지 않았다. 리는 자신이 가진 모든 능력을 형사와의 싸움에 투여했다. 형사가 아무리 전문적인 훈련을 받았다고 하더라도 자포자기한 로봇의 상대가 될 수는 없었다. 저항하는 형사의 주먹질에도 리는 전혀 고통을 느끼지 않았다. 리는 형사를 밀어 넘어트리고 목을 더욱 힘껏 조르기 시작했다. 그것만으로도 간단히 끝낼 수 있었지만 리는 형사의 아무 말이나 지껄이던 입이 지독히도 마음에 들지 않았다. 리는 형사의 입을 주먹으로 내리치기 시작했다. 얼굴이 으깨져 온통 피범벅이 되고, 깨진 이빨들이 팝콘처럼 튀어 올라도 리는 주먹질을 멈추지 않았다. 형사의 목숨도 끈질겼다. 형사는 허우적거리는 손짓으로 총을 찾으며 재이에게 도움을 청했다. 헛수고였다. 아무런 소득이 없자 형사는 피투성이 입으로 고래고래 욕설을 토해냈다. 그것이 리를 더 자극했다. 리는 주먹질을 멈추고 자리에서 벌떡 일어났다. 그리고 재이가 안고 있던 총을 빼앗아 개머리판으로 형사의 뒤통수를 내리쳤다. 뒤통수뿐이 아니었다. 형사의 몸 어디 하나 개머리판이 닿지 않는 곳이 없었다. 마침내 형사의 숨이 끊어졌는데도 리는 멈추지 않았다. 죽은 사람도 사람이지 않냐는 형사의 말마따나 지금 눈앞에 나뒹구는 시체도 형사는 형사니까. 아직 세상에서 완전히 사라지지 않았으니까. 리는 총의 안전핀을 자동으로 맞추고 형사의 머리끝부터 발끝까지 사격을 시작했다. 총은 처음 잡아보지만 아무런 이질감도 느껴지지 않았다. 생명을 빼앗는 도구가 가장 단순한 법이다. 애써 매뉴얼을 찾아 읽을 필요도 없다. 생각할 시간조차 주지 않는다. 손에 잡는 순간 표적은 사라진다. 리는 형사의 시체가 먼지로 사라질 때까지 사격을 멈추지 않았다. 형사의 피가 검은 저수지로 흘러 들어가고 조각조각 찢어진 살점이 자갈과 저수지 철책 사이에 끼어들었다. 리는 형사의 시체를 수습하려면 이빨 사이에 낀 고기를 빼내듯 치실을 사용해야 할지도 모르겠다고 생각했다.

"아빠!"

리는 탄창이 빌 때까지 방아쇠를 놓지 않았다.

'아빠!'

리는 그제야 재이가 부르고 있는 아빠가 자신임을 깨달았다. 리는 손에서 총을 내려놓고 재이를 바라보았다. 재이는 저도 모르게 한 걸음, 뒷걸음질을 쳤다. 리는 재이가 영영 자신을 외면한다 해도 이해할 수 있었다. 변명의 여지가 없었다. 하지만 리의 생각과는 달리 재이는 잠깐 머뭇거리는가 싶더니 별안간 리의 품 안으로 뛰어들었다. 그러고는 눈물을 왈칵 쏟으며 다급하게 소리쳤다.

"아빠, 죄송해요. 저 남자가 아빠를 의심하게 만들었어요. 이젠 아빠가 인간이라는 걸 확실히 알겠어요. 확실해요, 아빠가 진짜 아빠예요! 아빠! 아빠!"

리는 두뇌 회로의 어느 한 곳이 툭 끊어지는 것을 느낄 수 있었다. 재이를 품에 꼭 안고 있는데도 온몸에 냉기가 감돌았다. 리는 이런 추위를 한 번도 경험해 본 적이 없었다. 리는 품에 안긴 아이를 살며시 떼어내고, 아내를 꼭 닮은 눈을 바라보았다. 아이의 눈은 어느 때보다 맑고 깨끗했다. 리는 아무 말 없이 고개를 끄덕였다. 그러자 아이도 아빠를 따라 고개를 끄덕였다.

*

리는 부표에서 여자를 떼어내 낚싯배에 옮겨 태웠다.

"고마워요."

온몸이 흠뻑 젖은 여자는 오들오들 떨면서도 리에게서 한시도 눈을 떼지 않았다. 여자도 부표에 묶인 채로 형사의 끔찍한 최후를 똑똑히 지켜봤을 터였다. 여자에게 리는 생명의 은인이나 다름없었다. 리의 애초 목적이 여자를 구하는 게 아니었을지라도 그 결과는 다를 바가 없었다. 하지만 리는 두 번 다시 그런 모습이 되고 싶지 않았다.

"이 배를 타고 나오면 아무도 돌아가지 못했어요."

여자는 작은 몸을 감싸 안으며 남아 있는 떨림을 억누르려 하고 있었다.

리는 여자의 얼굴을 물끄러미 들여다보았다. 아무리 봐도 여자가 인간인지 로봇인지 구별이 불가능했다. 그건 리 역시 마찬가지일 것이었다. 하지만 이제는 '누가 날 알아볼까?' 하는 걱정은 아무 의미도 없었다.

"저는 로봇입니다."

갑작스러운 리의 고백에 여자는 두 눈이 휘둥그레졌다.

"그래서요? 저는 인간이에요! 저는 인간이라고요!"

추궁받은 것도 아닌데 여자는 껑충 뛰어오르며 소리쳤다. 그 바람에 배가 뒤집힐 뻔한 것을 리가 가까스로 균형을 잡았다. 여자는 재빨리 몸을 동그랗게 말고, 리의 눈치를 살폈다. 꾸중을 기다리는 아이 같았다. 리는 여자가 안심할 수 있도록 최대한 멀리 떨어져 앉았다.

"그래요. 당신은 인간입니다. 그러니, 부디 재이를 잘 돌봐주세요. 부탁합니다. 당신밖에 없어요."

여자는 쉴 새 없이 두 눈을 깜박였다. 두 볼이 빨개지고, 입가에 아주 작은 경련도 일었다. 리는 그런 여자를 향해 마지막 축복 인사를 건넸다.

"커다란 웃음이 당신에게."

리는 주저 없이 저수지에 몸을 던졌다.

검은 저수지 속에는 형사에게 사냥당했을 로봇과 인간의 시체가 수북하게 쌓여 있었다. 잔잔한 물결을 타고 구르는 로봇의 잔해와 해골들. 그리고 끈질기게 점멸하는 온갖 종류의 불빛들. 리는 두 눈을 감고, 마지막으로 아이의 목소리를 재생시켜 보았다.

'아빠!'

리의 입에서 '하' 하고 작은 웃음이 터져 나왔다. 그러자 인간에게 조금은 벗어난 기분이 들었다.

*

리는 점점 더 깊이 가라앉았다. 마침내 저수지 바닥에 발이 닿는 순간 리는 발밑에 무언가가 꿈틀대는 것을 느꼈다. 서둘러 발을 떼보지만 그 무언가가 리의 발을 꽉 움켜쥐고 놓지를 않았다. 개구리 발 모양의 손으로 리의 몸을 천천히 더듬으며 일어서는 목 잘린 로봇. 리는 앞으로 벌어질 일을 곧

바로 알아차렸다. 리는 순식간에 머리를 뽑혔고, 그렇게 그것의 머리가 된 리는 그것의 생각을 읽을 수가 있었다. 리는 또 한 번 '하' 하고 웃고 싶었다. 하지만 그 웃음은 입 밖으로 터져 나오지 못했다. 그것의 의지가 리의 웃음을 틀어막았다. 출구를 찾지 못한 웃음소리가 이리저리 제 몸을 부딪치며 점점 몸집을 키워나갔다. 리는 그보다 커다란 웃음소리는 들어본 적이 없었다. 머리가 깨져버릴 것만 같았다. 그래도 리는 아무 조치도 취할 수가 없었다. 할 수 있는 일이 없었다. 벌써 길이가 다른 두 다리가 물 밖을 향해 힘껏 발차기를 시작했다.

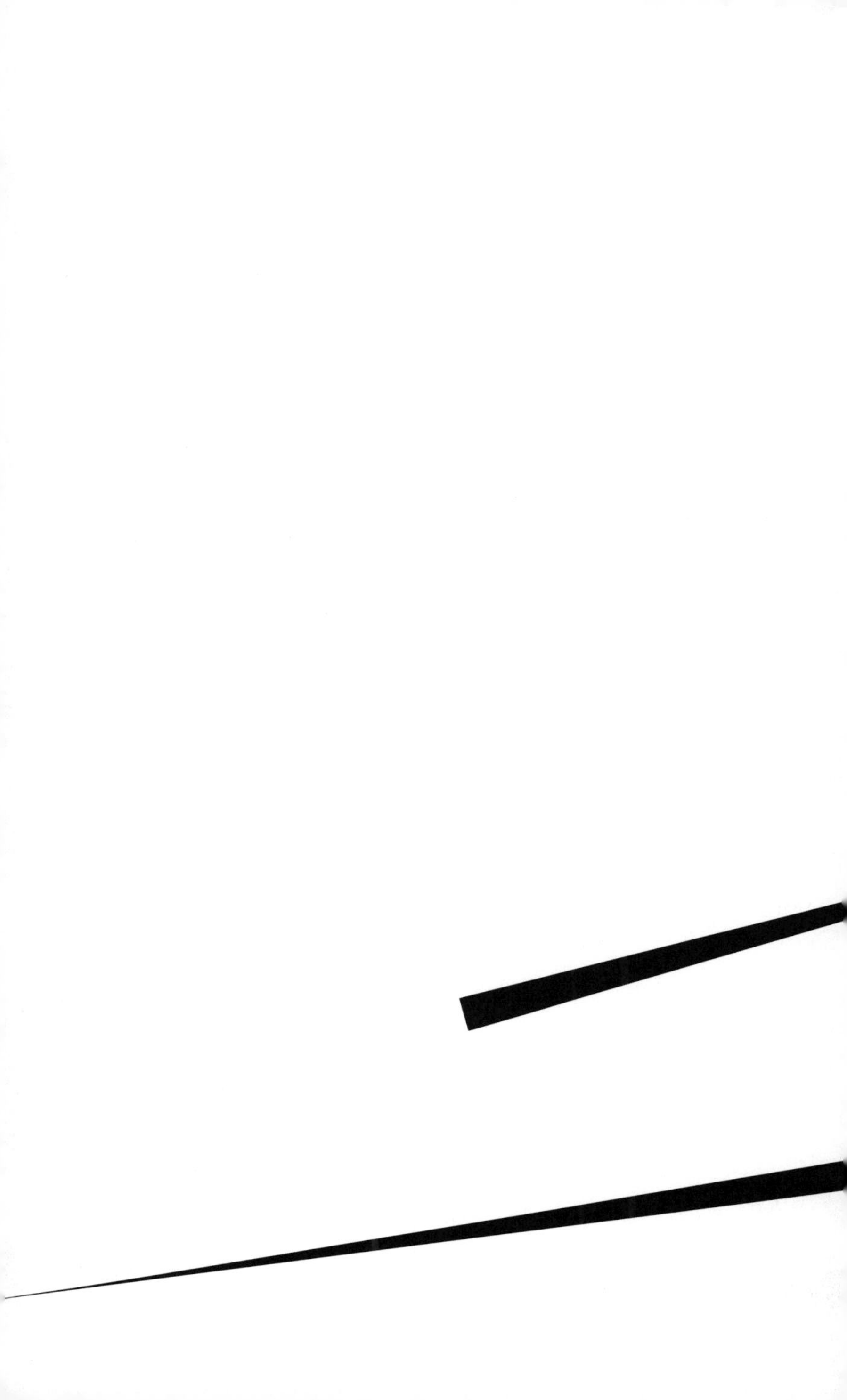

로고스

편집장은 원고의 마지막 장을 덮었다. 세 차례에 걸친 정독이었다. 절망적이었다. 누가 보더라도 처음부터 끝까지 베껴 쓴 글이 확실했다. '하지만 왜?'

생각을 거듭할수록 벽걸이 시계 초침 소리만 점점 크게 들려왔다. 무겁게 내려앉은 공기가 편집장의 등을 쓸어내리며 위로를 건네는 것만 같았다. 편집장은 사무실 문을 바라보았다. 곧 J와 만나기로 약속한 시간이었지만 그가 오지 않는다고 해도 이젠 아무 상관 없었다. 따지고 싶지도 않았다. 더 이상 버틸 여력이 편집장에겐 남아 있지 않았다. 어차피 출판사는 끝장난 것이다. 좋든 싫든 J만이 편집장에게 남은 유일한 희망이었다. 아니, 그 희망이란 것도 결국 절박함이 지어낸 환상이었는지 모른다. 누가 보아도 J는 출판사의 현 상황을 타개할 만큼의 인지도를 갖고 있지 못했다.

편집장은 J를 설득하기 위해 가졌던 술자리를 떠올려 보았다. 문학에 대한 확신과 문단에 대한 불만, 그리고 굳이 꺼내놓지 않아도 좋았을, 아내에게조차 말하지 못했던 가족사까지. 이제 와 생각하면 모두가 덧없는 노력에 불과했지만 편집장의 입가엔 오히려 옅은 미소가 피어올랐다. 왠지 모르게 J와 나눈 마지막 대화가 절박함이 선물해 준 세심한 배려처럼 느껴졌다. 이제 자신에게 남은 것이라고는 아무것도 없었다. 쓸모없는 노력까지 모조리 쏟아내 버렸으니 미련조차 남아 있지 않았다.

편집장은 자리에서 몸을 일으켰다. 마지막으로 사무실 안을 둘러본 편집장은 피식 웃음을 흘려놓고 등을 돌려 걷기 시작했다. 그의 걸음엔 바람조차 따라 불지 않았다.

*

J가 편집장의 장례식장에 도착한 건 발인 하루 전날이었다. 평일 오후인데도 꽤 많은 조문객이 모여 있었다. 일의 특성상

평일에도 시간을 낼 수 있는 사람들이 많은 터였다. 얼핏 둘러보기만 해도 낯익은 얼굴들이 눈에 들어왔다. 그중에는 편집장이 입에 침이 마르도록 칭찬해 마지않던 작가 H도 끼어 있었다. 편집장의 구애에도 불구하고 H는 단 한 번도 편집장의 출판사에서 책을 내지 않았다. 갖가지 변명으로 편집장의 부탁을 거절했지만 사실은 편집장의 마케팅 수완을 믿지 못해서였다. 그가 지닌 명성에 비하면 그야말로 치졸하고 비겁한 모습이었지만 그를 비난하는 사람은 아무도 없었다. 실제로 편집장이 출판한 책들은 작품성을 인정받고도 거짓말처럼 서점 구석에 처박혀 있다가 절판이 돼버리기 일쑤였다. 물론 그때마다 편집장은 죽을죄를 지은 사람처럼 작가들에게 진심으로 사과를 건넸다. 하지만 거기까지였다. 작가들은 편집장의 사과를 받아준 것처럼 새로운 작품을 구상할 때마다 편집장을 찾아가 이런저런 조언을 구하면서도 정작 그의 출판사에서 계약을 맺지는 않았다. 그들 탓만은 아니었다. 믿음을 심어주지 못한 건 분명 편집장의 무능력이었다.

J는 허탈한 심정으로 편집장의 영정사진을 바라보았다. 이번 일을 계기로 그를 외면했던 작가들의 심정을 조금은 이해할 수 있을 것 같았다.

방명록을 작성하자 부의금을 받던 청년이 반가운 얼굴로 J를 아는 체했다. 그러고는 다짜고짜 잠깐만 기다리라며 편집장의 아내에게 달려가 귓속말을 전했다. 곧바로 편집장의 아내가 청년을 따라 나왔다. 손에는 두툼한 서류 봉투가 들려 있었다.

"감사했습니다. 마지막까지 남편을 도와주신 작가님이시죠? 남편이 무척이나 고마워했어요." 잠시 침묵이 흐르고 여자가 두툼한 서류 봉투를 내밀었다. "그리고 이거, 사무실을 정리하다가 책상 위에 놓여 있는 걸 발견했습니다."

"아, 예."

J는 자신의 원고를 받아 들고, 적당한 말을 고르느라 잠시 머뭇거렸다.

"고인의 명복을 빕니다."

"감사합니다."

편집장의 아내는 J의 손을 꼭 잡고 몇 번이나 감사를 표시했다. 하지만 J는 왠지 모르게 편집장 아내의 진심 어린 말투와 행동이 무척이나 거북스러웠고, 인사를 마친 다음 저도 모르게 끈적이는 양손을 바지에 문질러 닦아냈다. J는 곧장 자신의 실수를 깨달았다. 등줄기에 식은땀이 흘러내렸다. 다행히도 연신 고개를 숙이며 감사 인사를 끝내지 못하는 편집장 아내는 아무것도 보지 못한 모양이었다.

"여기!"

도망치듯 허둥대는 J를 누군가 불러 세웠다. 접객실 구석진 자리에서 H가 손을 흔들고 있었다. J는 잠시 망설이다 애써 태연한 표정을 지으며 H가 앉아 있는 자리로 향했다. 순식간에 새 반찬이 테이블에 차려지고 새빨간 육개장이 J 앞에 놓였다.

"얘기는 들었어. 편집장이랑 마지막 작업 중이었다며?"

J는 말없이 고개만 끄덕이고 밥을 한술 떴다.

아무렇지 않은 척했지만, 그가 자신의 근황을 알고 있는 건 조금 뜻밖의 일이었다. 각종 매체를 통해 연일 근황이 알려지고 있는 H와 달리 J는 지난 몇 년간 사람들에게 회자될 정도의 이렇다 할 작품을 내놓지 못하고 있었기 때문이다.

"작품은 잘 나왔어?"

J는 이번에도 고개만 끄덕였다.

"여전하네. 그 자신감은." H의 눈길이 서류 봉투로 향했다. "그거야?"

"응."

H는 잠시 서류 봉투를 투시하듯 바라보았다.

"어쩌면 말이야." H가 말했다. "운이 좋았던 걸지도 몰라."

"뭐가?"

"사실 좀 걱정했었거든. 솔직히 말하면, 궁금했다고 하는 편이 더 맞고. 자네가 편집장의 불운을 끊어줄지, 편집장의 불운이 자네 발목을 잡을지 말이야."

"애매해졌겠네."

"그렇지도 않아. 무승부라고나 할까? 줄다리기 줄이 끊어져 버린 거니까. 차라리 잘 된 거지. 줄이 끊어질 정도면 서로 얼마나 잡아당기고 있었겠어. 어쨌든 두 사람 다 이제 편안해졌잖아."

"이봐."

J가 눈치를 주며 말을 끊었다. H는 주위를 한번 둘러보고는 어깨를 으쓱거렸다. 아무도 J와 H를 주목하지 않았다. J도 멋쩍은 미소를 지을 수밖에 없었다. 귓가에 들리는 말소리라고는 이번 정권이 북한에 너무 강경하게 대응하는 것 아니냐는 우려의 목소리와 연예계 스캔들, 그리고 데리다와 아도르노의 이름이 거론되는 정도였다.

"우리도 다른 얘기나 할까?" H가 물었다.

"그래."

"소설 얘기?"

"그래."

H는 벽에 한쪽 어깨를 기대고 나른한 자세로 말을 이었다.

"엊그제 단편 소설을 하나 끝냈어. 제목은 육개장. 뭐 거창한 것도 없어. 딱 스케치 정도의 작품이야. 머리를 망치로 얻어맞은 것 같은 영감도 없었어. 그냥 며칠 전부터 갑자기 육개장이 먹고 싶더라고. 그런데 왠지 아무 식당이나 들어가 먹고 싶진 않은 거야. 계속 장례식장 육개장만 생각나는 거지. 난감하더라고. 그렇잖아. 장례식장 육개장을 먹으려면 장례식장엘 가야 하니까. 그것도 내가 아는 누군가의 장례식장엘 말이야. 그런데 그런 얘기를 누구한테 하겠어. 욕이나 먹지 않으면 다행이지. 그래서 내가 한 일이 뭔 줄 알아? 소설을 썼어. 장례식장 육개장이 먹고 싶어서 누군가의 죽음을 간절히 바라는 주인공의 이야기를. 정말 신나게 써 내려갔지. 잘 써지더라고. 먹고 싶은 만큼 썼어. 맛있더라고. 배도 부르고. 그런데 그 소설을 다 쓰자마자 연락을 받은 거야." H는 소주 한잔을 입에 털어 넣었다. "덜컥 겁이 났지. 내 소설 때문에 편집장이 죽은 건 아닐까 하는 생각에 말이야. 재빨리 모니터를 켜고 소설을 확인해 봤어. 혹시 소설 속 주인공이 죽었으면 하고 바랐던 인물 중에 편집장이 있진 않았나 걱정이 되더라고. 간혹 작가들이 자기 주변 인물을 작품에 집어넣기도 하잖아. 본의 아니게, 무의식적으로라도 말이야. 다행히도 없더라고. 그런데 가만히 생각해 보니까, 어처구니가 없는 거야. 그건 다행이 아니라 당연한 거잖아. 설령 내 소설에 편집장이 등장한다고 해도 그게 무슨 상관이 있겠어. 내 소설이 마법도 아니고. 그렇게 생각하니까 갑자기 허탈하더라고. 그래서 한참을 웃었어. 너무 웃어서 눈물이 다 날 정도였어. 그런데 말이야, 그러고 나니까 내가 그동안 그 정도로 자만하고 있었나 싶더라고."

H는 말을 마치고, 빈 소주잔으로 테이블을 톡톡 두드리기만 했다.

그 모습을 물끄러미 바라보던 J가 마침내 입을 열었다.

"재밌네."

"그렇지?"

"비약이 좀 있지만, 마지막에 교훈도 나쁘지 않고."

"깔끔한 정리네. 자네다워."

H는 피식 웃음을 흘렸다. 그래도 기분 나쁜 표정은 아니었다.

"그나저나 그 비운의 원고는 이제 어떻게 할 거야? 출판사를 찾고 있으면 내가 알아봐 줄 수도 있는데."

H가 자세를 고쳐 앉으며 물었다. J로서는 그 제안을 거절할 아무런 이유가 없었다. J가 봉투를 건네며 말했다.

"뜻밖인데."

"나도 알아."

"근데 왜?"

"그냥. 아무래도 편집장한테 빚진 기분이 들어서." H가 J의 어깨너머로 영정사진을 바라보며 말을 이었다. "육개장이, 맛이 없더라고."

J도 고개를 돌려 편집장의 영정사진을 바라보았다. 다시 보니, 적어도 최소한의 책임감은 있는 것 같기도 했다.

*

J는 심장이 멎을 듯 뛰어 H의 집에 도착했다. 표절이라니. 그런 어처구니없는 말을 듣고 물러설 작가는 세상 어디에도 없다. 작가라면 다른 작가의 글과 분위기가 비슷하다는 말조차 혐오한다. 하물며 표절이라니. 가당치도 않았다. J는 거침없이 H의 집안으로 뛰어 들어갔다.

H도 J를 기다리고 있던 눈치였다. J는 H의 몰골을 보고 멈칫했다. 2층 계단에서 난간을 잡고 있는 H는 그동안 식사도 잠도 못 이룬 것처럼 피부가 검게 죽어 있었다. 입술은 바싹 말라서 갈라져 있었고, 며칠째 씻지도 않았는지 기름진 머리카락이 한 덩어리로 뭉쳐 있었다. 하지만 H는 매서운 눈초리로 J를 노려보며 날카롭게 소리쳤다.

"차라리 백 년 전에 태어나지 그랬어? 그것도 프랑스에서. 그랬더라면 나보다 더한 부와 명성을 가질 수도 있었을 텐데." 그는 목이 말랐는지 억지로 침을 삼켰다. "자넨 이제 끝났어. 때와 장소를 잘못 태어난 거지. 운이 없었던 거로 치자고. 안쓰럽군."

H는 자기 할 말만 내뱉고 힘없이 손을 내저으며 등을 돌렸다.

"내 눈엔 자네야말로 안쓰러워 보이는데." J도 지지 않고 소리쳤다. "죽어라 글만 처 썼는데 그 많은 인세를 고스란히 병원비로 다 날려 먹게 됐으니 말이야. 출판사들만 신나겠어. 베스트셀러 작가가 미쳐서 정신병원에 갇혀 있다면 그보다 훌륭한 마케팅이 어디 있겠어. 아니, 아쉬워하려나? 차라리 얼른 죽기를 바라면서?"

"자네……." H가 고개를 돌리고 말을 이었다. "그래도 할 말이 있나 보지? 사과하는 말투도 아니고."

"무슨 헛소리야? 사과는 내가 받아야지!"

"올라와."

H는 1층 주방에서 어쩔 줄 몰라 하는 가사 도우미에게 고개를 끄덕이고는 기운 없는 발을 질질 끌고 서재로 향했다. J는 그제야 집안에 다른 사람이 이 상황을 지켜보고 있었다는 사실을 깨달았다. 가사 도우미는 어색하게 인사를 건네고는 얼른 자리를 피했다. J는 참담한 기분이 들었다. 자신이 이곳에 와 있는 이유를 더욱 절실히 깨달았다. 더 이상 비참해지지 않기 위해선 반드시 H의 오해를 풀고 사과를 받아내야 했다. J는 주먹을 움켜쥐었다. 그러고는 흐느적거리는 H의 그림자를 쫓아 이 층으로 따라 올라갔다.

H는 J 스스로 사태를 파악할 시간을 충분히 주었다. 테이블 위에는 J의 원고와 함께 얼마 전 국내에 처음 번역된 해외 작가의 책이 놓여 있었다. 그 책은 20세기 초 프랑스 작가의 소설이었다.

"원한다면 출판사를 다시 알아봐 줄 수도 있어. 좋은 번역자가 있다고 말이야."

"말도 안 돼." J가 더듬거렸다.

"당연히 말이 안 되지. 자네가 바로 그 말도 안 되는 짓을 저지른 거야. 남을 완벽하게 속이는 일에도 최소한의 노력은 필요한 법인데 자네는 최소한의 예의도 지키지 않았어. 조금만 노력하면 출판사마다 올해 어떤 책을 준비 중인지 정도는 쉽게 알아낼 수도 있었을 텐데, 결국 게을렀던 거지. 대단한 배짱이야. 혹시 표절이 들통나면 보르헤스를 오마주한 거라고 둘러대려고 했나? 보르헤스의 「피에르 메나르, 돈키호테의 저자」라는 작품 속에서 돈키호테를 그대로 베껴 쓴 작가처럼 그렇게 돼보고 싶었다고? 이봐, 정신 차리라고. 그건 소설 속 인물이야. 보르헤스는 돈키호테를 베껴 쓰고 자기 작품이라고 우긴 적이 없어."

"아냐, 난 이 작가의 책을 본 적도 없어! 불어도 할 줄 몰라. 그러니까 베껴 쓰고 싶어도 그럴 수가 없다고!"

"글쎄, 자네라면 그 말을 믿을 수 있겠어? 그 작가는 20세기 초 프랑스 파리의 풍경을 있는 그대로, 사실적으로 묘사한 것으로 유명하지. 심지어 역사가들조차도 그의 책을 토대로 20세기 초 프랑스 파리를 연구하고 있을 정도니까. 그런데 그런 소설을 자네가 쓸 수 있었다고? 그래, 백번 양보해서 자네가 철저한 고증을 거쳐서 이 소설을 완성했다고 치자. 하지만 고작해야 번역의 사소한 오류 정도로만 여겨질, 처음부터 끝까지 문장 하나하나가 거의 똑같은 글을 보면서 누가 과연 자네의 원고를 새로운 창작물이라고 인정을 해주겠냐고? 아, 확실히 다른 게 하나 있네. 작가 이름. 근데, 자네 파리를 가 보긴 한 거야?"

"그러니까 표절이 아니지!" J는 거의 울먹이고 있었다. "모두가 내 상상으로 만들어 낸 거니까."

H는 입을 다물지 못한 채 고개를 내저었다. 그러고는 책상에서 십여 권의 책을 들고 와 J 앞에 쏟아놓았다.

"그럼 이것들은 어떻게 변명할 셈이야? 지난 한 달 동안 자네가 쓴 글들을 모조리 다 조사해 봤어. 자네가 쓴 두 권의 단편집 말이야. 꼼꼼히 조사하는 데 시간이 좀 걸리더라고. 그래도 결국은 다 찾아냈어. 짜깁기한 소설도 있고, 통째로 베낀 소설도 있더군. 정말이지 세계 각국의 B급 소설들은 죄다 끌어모았더라고. 이 중에 자네의 순수한 창작물이라고 부를 수 있는 소설은 단 한 편도 없었어."

J는 눈앞의 책들을 망연자실하게 내려다보았다. 그리고 난생처음 보는 원서들 틈에서 자신의 단편집을 집어 들었다. 웬일인지 자신의 책이 분명한데도 무척이나 낯설어 보였다.

H는 다소 지친 듯 말을 이어 나갔다.

"그런데 왜 하필 이번엔 그처럼 유명한 작가의 작품을 선택한 거지? 욕심이 난 건가? 아님, 조급해진 거야? 그것도 아니면 편집장이 자네 앞에서 쩔쩔매는 모습을 보니 자기가 정말 거장이라도 됐다고 착각한 거야? 힘든 척하지 마. 자네는 아직 아무것도 잃은 게 없잖아. 고작해야 내 앞에서 창피당하는 것 말고는 말이야. 자네를 믿고 출판사에 이 원고의 출판을 부탁했던 나는 어땠을까? 하긴, 따지고 보면 나도 손해 본 건 없지. 고작해야 내 알량한 자존심이 상처받고, 자칫 명성에 금이라도 갈까 봐 며칠을 끙끙 앓았던 것밖에는 없으니까. 하지만 편집장은 어쩔 거야? 편집장은……."

편집장의 얘기가 나오자 J는 저도 모르게 몸을 부르르 떨었다. 억울함과 비통함에 온몸이 불타오르는 것 같았다. J는 책을 바닥에 떨어뜨리고 창백한 얼굴을 두 손에 파묻었다.

H는 아무 말도 하지 않고 한동안 그 모습을 지켜보기만 했다.

"다 끝났어." H가 힘없는 목소리로 말했다. "그만 돌아가. 이 얘기는 비밀로 덮어둘 테니. 출판사에서도 원고의 주인이 자네라는 건 아직 몰라. 자네 이름은 지우고 보냈거든. 출판사에게도 선택권은 줘야 하니까. 내 부탁에, 자네 글이라는 것까지 알아 봐. 싫어도 쉽게 거절할 수나 있겠어? 천만다행이지. 그러니까 당분간은 안심해도 돼. 언제 자네 정체가 들통날지 모르지만 굳이 내 입으로 밝히고 싶지도 않고. 이게 동료로서 해줄 수 있는 내 마지막 배려야."

J는 잠자코 고개를 끄덕였다. 하지만 몸이 전혀 움직이지 않았다. 기다리다 못한 H가 서재 문을 열고 어서 나가달라는 제스처를 보이자 J가 다급히 입을 열었다.

"그래, 인정할게. 모두 똑같은 거 같아. 아니, 모두 똑같다고 할게. 하지만 표절은 아니야. 어떻게 이런 일이 일어났는지는 나도 모르겠지만 표절은 아니야. 표절이 됐지만 표절을 한 건 아니야. 그러니까, 내게 증명할 기회를 줘."

H가 기가 찬 듯 물었다.

"어떻게? 설령 자네 말이 사실이라도 방법이 없잖아. 기적이 일어나지 않는 한 아무리 유능한 평론가라도 자네 글을 변호해 줄 수 없어."

"그래 자네 말이 맞아. 이미 발표해 버린 글에 대해선 어쩔 수가 없다는 거. 표절이라고 해도 나는 아무 변명도 할 수 없다는 거. 하지만 앞으로는 어쩌지? 나는 글 쓰는 일 말고는 할 줄 아는 게 없어."

"아니, 자네는 글을 쓴 적이 없어. 모두 다 표절이었으니까." H가 단호하게 말했다. "그리고 표절한 순간 자네 스스로 작가로서의 재능이 없다는 걸 인정한 거야. 그러니까 다른 일을 찾아봐. 글을 쓰지 않아도 정직하게 보람을 느끼면서 살 수 있는 일은 얼마든지 있어."

"나는 재능이 없지 않아!" J가 소리쳤다. "나는 표절하지 않았으니까. 보라고. 표절하지 않았는데도 난 그 유명한 프랑스 작가처럼 쓸 수 있었던 거잖아. 그러니까, 내게도 그만큼의 재능이 있는 거라고!"

잠시 침묵이 흘렀다. 허탈한 탄식이 H의 입에서 터져 나왔다.

J는 잔뜩 겁을 집어먹었다.

"아니, 내 말은 그게 아니라." J가 다급하게 손사래를 쳤다. "표절하겠다는 게 아니야. 그런데 내가 그렇게 돼버렸잖아. 그러니까 자네가 막아달라고. 자네도 알잖아. 나는 정말 글 쓰는 일 말고는 다른 일을 해본 적이 없다는 거. 그래! 이렇게 하면 어때? 자네가 날 가둬 놓는 거야. 전화도 인터넷도 티브이도 신문도 보지 못하게 날 가둬 놓고 내가 글을 쓰면 자네가 확인해 주는 거야. 그럴 리 없겠지만, 그런 상상은 하고 싶지도 않지만, 만약에 내 글이 누군가의 글과 또 똑같이 써진다면 적어도 내가 표절하지 않았다는 걸 자네한테 증명할 순

있잖아."

"증명하지 못하면?"

"바로 그거야! 그게 내가 진심으로 원하는 바야! 증명할 수 없다는 건 오직 내 힘으로 나만의 글을 썼다는 거니까. 나는 절대 표절 작가로 남고 싶지 않아. 나도 내 글을 쓰고 싶다고. 제발, 날 좀 도와줘! 부탁이야. 자네 말대로 이 일을 알고 있는 사람이 자네밖에 없다면, 내게 새 삶의 기회를 줄 수 있는 사람도 자네밖에 없잖아. 자네가 내 유일한 희망이야. 그래, 자네도 내가 편집장처럼 되는 건 원하지 않잖아."

H는 편집장의 얘기가 나오자 입을 다물지 못했다. 터무니없는 협박이었다. J는 편집장과 같은 용기도 없었다. 그런데도 J는 편집장에게 들었던 애원을 고스란히 따라 하고, 심지어 편집장의 죽음조차 이용하고 있었다.

하지만 효과가 있었다. H는 혼란스러워하고 있었다. H는 한쪽 손으로 관자놀이를 꾹꾹 누르고, 눈을 질끈 감았다 뜨기도 하고, 그러다가 고개를 절레절레 흔들며 무언가를 곰곰이 생각했다. J는 두 손을 모으고 그 모습을 초조하게 지켜보았다.

마침내 H가 크게 한숨을 내쉬었다. 그 정도면 충분했다. J는 대답을 듣기도 전에 H의 손을 덥석 움켜잡았다.

"고마워!"

*

J는 고래뱃속 같은 H의 집 지하 창고에 틀어박혀 글 쓰는 일 말고는 아무것도 하지 않았다. 약속대로 외부와의 모든 접촉은 철저히 차단했다. H의 가사 도우미가 삼시 세끼를 챙겨 창고 문 앞에 가져다 놓았지만 그것만으로는 시간을 가늠하기도 힘들었다. J는 완전히 탈진했을 때만 허기를 느꼈고, 문 앞에 놓여 있는 밥은 차갑게 식어 있기가 예사였다. 그래도 J는 개의치 않았다. 시간을 따지는 것조차 낭비처럼 여겨졌다. J는 오로지 구식 타자기 앞에 앉아 최대한 빨리, 최대한 많은 글을 쓰기 위해 안간힘을 썼다. 작품이 완성되면 그 즉시 원고를 문 앞에 가져다 놓았고, 그럼 가사 도우미가 그 원고를 H에게 배달하고, 다음 날 차가운 식사와 함께 H의 답장이 전달되었다.

벌써 일곱 번째 탈고였다. J는 완성된 원고를 문밖에 놓아두기 위해 자리에서 몸을 일으켰다. 갑자기 현기증이 일고, 두 다리가 휘청거렸다. 다행히 넘어지진 않았지만 위협을 느낀 몸에서 식은땀이 주르륵 흘러내렸다. J는 입을 헤 벌린 채 멀뚱히 두 눈을 깜박였다. 이내 정신이 돌아온 J는 곧장 굶주린 맹수처럼 타자기를 덮쳤다. 사정없이 자판을 두들겨 댔다. 지친 몸이야 어찌 되건 상관없었다. J는 간신히 떠오른 한 문장을 잃게 될까 봐 눈 한 번 깜박이지 않았다.

하지만 자신이 적어놓은 문장을 천천히 살펴본 J는 곧바로 실망하고 말았다. 어차피 J의 손끝을 거쳐 나온 글이라는 것을 확인시키듯 타이프 용지에 적힌 문장은 너무나도 낡고, 익숙해 보였다. 물론 J 스스로 그 문장이 표절인지 아닌지 확인할 방법은 없었다. 어쩌면 그 익숙함은 J의 머릿속 같은 자리를 같은 단어들이 수도 없이 맴돌고 있었기 때문인지도 몰랐다. J는 타자기에서 타이프 용지를 빼내 찢어버렸다. 지난 여섯 번의 실패에도 불구하고 그 패배감에 익숙해지지 않으려 발버둥을 쳐왔지만 그럴수록 J는 가슴 속 검은 구멍이 점점 더 크게 벌어지는 것을 느낄 수 있었다.

J는 일곱 번째 원고를 문밖에 툭 떨어뜨려 놓고 다시 문을 걸어 잠갔다. 아직 여섯 번째 원고의 답장은 돌아오지 않았다. 차라리 안심이 된다는 게 한심했다. 어느새 J는 이 좁고 어두운 지하 창고에서 아직 쫓겨나지 않았다는 걸 다행으로 여기고 있었다.

'H는 지금 어떤 기분일까.'

매번 돌아오는 H의 답장은 아주 간결하고 잔혹했다. J의 원고 첫 장에 J의 이름과 J가 붙여놓은 제목을 붉은 펜으로 쭉쭉 지우고, 생전 듣도 보도 못한 외국 작가의 이름과 새로운 제목을 적어놓은 것이 답장의 전부였다. 그로써 J는 지금까지 다섯 편의 단편 소설과 다섯 명의 외국 작가를 새로 알게 되었지만 H가 그 사실을 믿어줄 리 없었다. H라고 달리 뾰족한 수가 있을 리도 만무했다. 그리고 바로 그 점이 아직 J가 창고에서 쫓겨나지 않은 이유인지도 몰랐다. 하지만 그게 무슨 소용인가. J의 사정은 조금도 나아진 것이 없었다. 새로운 글을 써내지 못한다면 J에게 있어 이 세계는 어느 곳이든 어둡고 음습한 지하 창고와 다를 바가 없었다.

J는 다시 타자기 앞에 털썩 주저앉았다. 그 외에 할 수 있는 일은 아무것도 없었다. 타자기에 걸린 새하얀 타이프 용지를 바라보며 J는 입술을 뜯기 시작했다. 혀로 입술을 핥자 비릿한 피 맛이 났다.

'방법이 틀린 걸까?'

문득 어떤 생각이 스쳐 갔다.

J는 타이프 용지 위에 무의미한 단어들을 나열해 보았다. 기계적으로 손가락을 움직였다. 한 줄이 완성되자 J는 소리 내어 그 단어들을 읽어보았다. 놀랍게도 파편적인 단어들이 전혀 어색하게 읽히지 않았다. 그 단어들은 자연스러운 하나의 문장을 형성하고 있었다. J는 다시 떨리는 손가락으로 타자기 자판을 찍어 눌렀다. 이번엔 조금 더 속도를 높였다. 생각 따윈 필요 없었다. 아니, 의식적으로 생각을 배제하려 노력했다. 아무 자판이나 마구잡이로 찍어 누르면 그것으로 충

분했다. 마침내 용지 한 장이 빼곡히 채워졌다. J는 첫 줄부터 차근차근 읽어 내려갔다. 한 줄 한 줄 읽어 내려갈수록 J는 조금 전 자신이 정신없이 두들겼던 타자기처럼 누군가에게 심장을 얻어맞고 있는 것 같았다. 한 장의 타이프 용지에 적힌 글은 너무나 매끄럽고, 비문 하나 섞여 있지 않았으며, 심지어 어느 부분은 감동적이기까지 했다. 끔찍했다.

J는 섬뜩한 기운에 재빨리 뒤를 돌아보았다. 누군가 어깨너머로 이 모든 상황을 지켜보고 있는 것 같았다. 물론 등 뒤에는 아무도 없었다. 창고 문도 제대로 닫혀 있었다. 그래도 J는 안심이 되지 않았다. 분명히 누군가의 시선이 느껴지고 있었다. J는 거친 숨을 고르며 글자들이 빼곡히 적힌 타이프 용지를 뚫어져라 노려보았다. 온몸의 신경을 집중시킬 무언가가 필요했다.

잠시 후 J는 외마디 비명을 질렀다. 자신을 엿보고 있는 눈동자. 그건 다름 아닌 글자들이었다. 타이프 용지를 가득 메운 글자들과 단어들 사이의 여백이 누군가의 얼굴을 그려놓고 있었다. 그리고 얼굴과 동떨어져 있는 마지막 한 줄이 J에게 말을 건네고 있었다.

'나는 선택받았다.'

J는 자기도 모르게 그 마지막 문장을 중얼거렸다. 쳐다보지 않으려 해도 자신을 마주 보고 있는 눈동자에서 도저히 벗어

날 수가 없었다. 그 얼굴은 마치 J의 눈동자 속에 깊이 각인되기 전까진 절대 J를 놓아주지 않으려는 것 같았다.

어느덧 J는 완전히 탈진해 버렸다. 축 늘어진 몸이 저항을 포기하자 두려움도 한결 줄어들었다. 그리고 주문을 외듯 중얼거리는 자기 목소리를 명확하게 들을 수가 있었다. '나는 선택받았다.' 그건 질문이 아니었지만 J는 낮고 침울한 목소리로 대답했다.

"헛소리."

순간 깔깔거리는 비웃음이 J의 머릿속을 마구 휘저었다. 축 처진 몸이 다시 경련을 일으켰다.

그 웃음은 절대로 J의 것이 아니었다. 비웃음 소리가 잦아들 때쯤 타이프 용지의 얼굴이 눈꼬리를 살짝 쳐들었다. J는 얼굴이 무엇을 원하는지 알고 있었다. J는 타자기에 새 용지를 갈아 끼웠다. 그러자 방금 빼낸 타이프 용지에서 글자들이 후드득 책상 위로 굴러떨어졌다. 글자들은 까만 구슬처럼 서로의 몸을 한데 뭉쳤다가 곧 가늘고 기다란 선을 뽑아내더니 새 타이프 용지 위로 꾸물꾸물 기어 올라가 또다시 그 얼굴을 새겨 넣었다.

J는 그 모든 과정을 우두커니 지켜보았다. 얼굴은 금세 워터마크처럼 흐릿해졌지만 J의 눈에는 여전히 그 얼굴과 눈동자가 똑똑히 보였다. 얼굴은 금방이라도 무슨 말을 하고 싶

어 못 견디겠다는 표정이었다.

J는 조용히 타자기에 손을 올리고 자판을 찍어 눌렀다.

"얼굴이 안됐네?" 기다렸다는 듯 타이프 용지의 얼굴이 말을 걸었다.

"그래." 간신히 J가 대답했다.

"위로받고 싶어?"

"응."

"거짓말."

지독히도 경박한 비웃음이 또다시 쏟아졌다.

"나는 지쳤어."

"괜한 소리 하지 마. 여기보다 더 편안한 곳이 어디 있으려고. 네 소원이었잖아. 나만의 작업실. 원하는 글을 얼마든지 쓸 수 있는 풍족한 시간. 그리고 세계적인 명작들. 지금 여기엔 네가 원하지 않는 건 아무것도 없어. 이곳은 너만의 우주, 너 하나만을 위한 공간이야. 그러니까 맘껏 즐겨. 아무 걱정하지 말고."

"내가 원한 건 이런 게 아니야."

J는 손끝이 떨려왔다.

"그럴 리 없어. 내가 분명히 들었는걸."

"나는 나가고 싶어!" J가 소리쳤다.

얼굴은 뜻밖이라는 듯 입술을 삐쭉 내밀었다. 씁쓸한 표정이었다.

"하지만 밖은 너무 위험해. 너는 의지도 너무 약하고. 그리고 결정적으로, 네겐 재능이 없어."

"나한테 왜 이런 얘기를 하는 거지?"

"왜긴? 몰라서 물어?" 얼굴이 놀란 눈을 뜨고 말했다. "내 임무잖아. 여태까지 네가 저질러 온 모든 행위에 대해 그럴 수밖에 없었다고 설득하고, 괜찮다고 위로하고, 네 탓이 아니라고 변명하고, 다 잘 해결될 거라고 다독거리는 일 말이야. 간단히 말해, 너를 보호하고, 응원하는 게 내 일이란 말이지. 근데 그게 여간 까다로운 일이 아니야."

"이런 건 응원도 위로도 아니야. 이건."

J는 적당한 말이 떠오르지 않았다.

얼굴이 안쓰럽다는 말투로 먼저 입을 열었다.

"응원 맞아. 지금 이 대화도. 아! 혹시 누가 엿듣기라도 할까 봐 걱정하는 거야? 걱정 마. 아무도 모를 거야. 자기 자신마저 감쪽같이 속였는데 누가 눈치를 채겠어? 하지만 말이야. 아주 가끔은 진실을 마주해야 해. 바로 지금처럼. 그래야 앞으로도 실수 없이 계속 속일 수가 있거든."

"나는 아무도 속이지 않아!" 참았던 분노가 솟구쳤다.

얼굴이 흥미롭다는 듯 고개를 갸웃거렸다.

"그래? 그럼 내가 여태까지 헛고생을 했다는 거야? 좋아,

지금 보니 내 도움 없이 혼자서도 잘해 나갈 거 같기도 하네." 얼굴은 갑자기 토라진 말투로 쏘아붙였다. "자! 그럼, 어디 한 번 두고 볼까?"

타이프 용지가 순식간에 하얗게 불타올랐다.

J는 타이프 용지 속 얼굴이 완전히 재로 변할 때까지 가쁜 숨을 내쉬었다. 그리고 평소의 호흡이 돌아올 때쯤, J는 자신이 자발적 감금을 택한 이유를 깨달았다.

도망쳤던 것이다. 저 끔찍한 얼굴에게서.

J는 두 번 다시 그 얼굴을 보고 싶지 않았다. J는 가능한 한 빨리 누구의 글도 아닌 자신의 글을 써내 이 춥고 어두운 지하 창고에서 나가고 싶었다. 하지만 그 얼굴이 지켜보는 한 그 일은 절대 불가능하다는 것도 잘 알고 있었다. 창고를 벗어나기 위해선, 우선 그 얼굴을 내쫓아야만 했다. 하지만 어떻게?

얼굴은 늘 J의 글을 통해 나왔다. 글이 얼굴의 유일한 통로였다. 그러니 글을 쓰지 않는 한 얼굴과 대면할 일은 없었다. 하지만 글을 쓰기 위해서 글을 쓰지 않을 수는 없었다.

J는 오직 한 가지 방법밖에 남아 있지 않았다는 걸 깨달았다. 물러설 곳이 없다면 밀어붙이는 수밖에 달리 방법이 없었다.

J는 곧장 타자기에 타이프 용지를 끼우고 미친 듯이 자판

을 두드리기 시작했다. 소재, 주제, 문체, 플롯 따위는 이제 아무 관심도 없었다. J의 목표는 오로지 지금까지 자신에게 축적된 모든 글을 쏟아버리는 것이었다. 어차피 자신이 생각해낸 글이라고는 한 단어도 없을 터였다. 그것을 증명하듯 자판을 치는 손가락은 막힘이 없었다. 이제까지 문장 하나하나를 고르느라 몇 날 며칠을 고민했던 시간이 모두 얼굴의 속임수에 지나지 않았다는 게 여실히 드러나고 있는 셈이었다. 그래도 J는 전혀 실망스럽지 않았다. 얼굴의 민낯을 확인하자 J는 오히려 자신감이 생겼다. 타이프 용지가 새로 갈릴 때마다 J의 입가엔 사냥감을 정조준한 포수의 묘한 미소가 번져나갔다. 끝낼 수 있는 목표를 갖게 되었다는 것으로 J의 가슴은 벅차오르고 있었다.

*

'쿵', 하는 천둥소리에 놀라 J는 잠에서 깨어났다.

창고 벽이 금방이라도 무너질 듯 흔들리고, 천장의 백열전구가 깜박이고, 곳곳에 균열이 일면서 시멘트 가루가 흩날리기 시작했다. J는 본능적으로 몸을 한껏 웅크렸다. 무릎을 감싸 안고, 커질 대로 커진 동공으로 창고 안을 두리번거리며 지진처럼 보이는 상황을 예의주시했다.

J는 자신의 계획이 성공했음을 확신했다. 하나의 세계가 허물어지고 있었다. 창고 벽 빼곡히 적혀 있는 헤아릴 수 없는 낱말들. 맞춤법도 띄어쓰기도 무시한 채 타이프 용지를 다 써버리고는, 녹슨 송곳으로 창고 벽 가득 새겨놓은 의미 없는 글자들. 이제 J에게는 단 하나의 단어도 남아 있지 않았다. 비웃음도 들리지 않았고, 글자들 사이 어디에서도 얼굴을 찾아볼 수 없었다. 마침내 그 혐오스러운 얼굴을 자신의 밖으로 끄집어내고야 만 것이다.

또다시 거대한 폭발음이 들렸다. 누군가 창고 문을 미친 듯이 두드렸지만, J는 그 요구를 가볍게 무시해 버렸다. 이젠 J의 허락 없이는 아무도 J의 세계에 함부로 들어올 수 없었다. 이곳은 J만의 우주. 게다가 J는 문밖에서 나는 목소리를 전혀 알아들을 수가 없었다. 그 소리는 날카롭고 절박했지만, 모든 단어를 탕진한 J는 폭발음과 그 소리를 구별할 수가 없었다. 그래도 J는 기분이 좋았다. 온몸에 박하 향이 감도는 것 같았다. J는 고개를 까딱이며 연달아 들려오는 폭발음에 맞춰 콧노래를 흥얼거렸다.

마침내 모든 진동과 소음이 깨끗해지자, J는 얼굴 가득 환한 미소를 담고 창고 문을 활짝 열어젖혔다. 눈부신 햇살이 J의 두 눈을 파고들었다. 순식간에 눈물이 고이고 현기증이 일었지만 J는 그 느낌이 싫지 않았다.

햇빛에 어느 정도 적응이 되자 바깥세상의 풍경이 눈에 들어오기 시작했다. 무너진 건물들과 불타고 있는 가로수. 거리를 나뒹굴고 있는 가전제품과 형체를 알아볼 수 없이 찌그러진 자동차. J는 우두커니 서서 그 모습을 천천히 바라보다가 돌무더기에 깔린 누군가의 손을 발견했다. 가운뎃손가락이 뒤로 어색하게 꺾인 손에는 낯익은 은색 손목시계가 채워져 있었다. J는 무의미한 시체에서 시선을 거두고 조심스럽게 앞으로 나아갔다. 걸을 때마다 예상치 못한 장애물이 걸음을 방해했지만 그 정도의 걸리적거림은 얼마든지 감수할 만했다.

큰길로 나선 J는 다시 한번 입을 쩍 벌렸다. 정말 아무것도 남아 있지 않았다. 아무도 남아 있지 않았다. J가 이 세상의 유일한 생존자였다. J는 무슨 일이 벌어진 건지 도무지 이해할 수가 없었다. 그저 이 모든 일이 자신 때문에 벌어진 것 같은 흐릿한 느낌뿐이었다. 설령 그게 사실일지라도 J를 비난할 사람조차 남아 있지 않았다.

J는 난생처음 느껴보는 감정에 크게 한숨을 내쉬었다. 꽉 막혔던 가슴 한복판을 시원한 바람이 훅 뚫고 지나가는 것 같았다. J는 그 감정을 어떻게 표현해야 좋은지 알 수가 없었다. 그렇다고 억누르고 싶지도 않았다. 더 이상 망설일 이유가 없었다. 눈치 볼 필요가 없었다. 순간 J의 손가락이 널찍한

허벅지를 경쾌하게 두드렸다. '태초에 말씀이 있었다.' J는 가슴이 벅차올랐다. 참을 필요 없었다. J는 있는 힘껏 소리를 내질렀다. 유인원의 괴성이 허공에 울려 퍼졌다.

무한히 위험천만한 우리

*

은빛 제복을 입은 지구-08-공항 직원은 여권과 세 장의 항공권을 하나하나 꼼꼼히 살펴보았다. 두 장은 동주의 왕복권, 한 장은 함께 돌아올 혜리의 편도 티켓이었다. 동주는 직원이 여권을 다시 내줄 때까지 침착하게 기다렸다.

"단잠별에 가시나 봐요?" 여권을 들춰보던 직원이 물었다.

"무슨 문제라도."

"아뇨, 아무 문제 없습니다." 직원은 나머지 서류를 챙기며 말을 이었다. "그냥, 왕복 항공권을 구매하셨길래요, 돌아오는 항공권은 낭비가 아닐까 싶어서요?"

동주는 대답 없이 직원을 바라보기만 했다.

"아시잖아요?" 동주의 시선을 의식한 직원은 서둘러 여행에 필요한 서류를 건네주었다. "이 별로 여행을 떠나신 분 중 다시 지구로 돌아온 사람이 아무도 없어요."

"저는 돌아올 겁니다." 동주는 직원의 말을 차단했다. "사실 여행을 좋아하지도 않고, 이 별에 가는 것도 꼭 데려와야 할 사람이 있기 때문이니까요."

직원은 교육받은 미소도 깜박하고 저도 모르게 입술을 불통거렸다. 눈치는 빠르지만 제 할 말을 참지 못하는 성격의 사람이 늘 그렇듯, 직원은 나중에 후회할지 모른다는 생각을 하면서도 입을 다물지 못했다.

"아, 정말요? 근데, 그런 분들도 더러 계시긴 했는데요, 결국엔 그분들도 안 돌아오시더라고요."

"무슨 말을 하고 싶으신 거죠?"

직원은 그제야 자신이 고객의 심기를 불편하게 만들었다는 것을 깨닫고는 손사래를 치며 변명을 늘어놓았다.

"아, 그게 제가 고객님 말씀을 못 믿는 게 아니라요. 그냥 사실이 그렇다는 말씀을 드린 거예요. 그런 별이 있다는 걸 저도 믿지 않지만 실제로 사람들이 돌아오질 않고 있으니까요. 별이 아름다워 봐야 얼마나 아름답길래 평생을 눌러앉을 결심을 할 수 있는지. 그것도 여행 도중에 말이에요."

직원은 어색한 미소로 상황을 얼버무리려다 결국 자신의 변명이 충분치 않았다는 것을 깨닫고는, 자포자기 심정으로 고해성사하듯 말을 이었다.

"사실, 제가 우주여행을 한 번도 다녀본 적이 없어요. 여권은 매번 갱신하는데, 한 번도 사용한 적 없는 여권을 가지고 구청에 들를 때마다 갱신 비용이 아깝기보단 창피한 기분이 들더라고요. 시간도 없고 돈도 없어서 국내 여행도 당일치기로밖에는 가 본 적 없는 주제에 그 비싼 우주여행 여권을 만기 때마다 갱신하는 제 모습이 한심하기도 하고. 근데 여권마저 만들어 놓지 않으면 그런 기분이 들거든요. 매일 우주로 날아가는 여행선이 내 머리를 발판 삼아 쿵 짓밟고는 사뿐히 이륙하는 기분이요."

직원은 짧게 한숨을 쉬고, 고개를 숙였다.

"죄송합니다. 제가 말이 너무 많았죠?"

"괜찮습니다."

"계획하신 대로 구매하신 항공권을 모두 사용할 수 있길 바랄게요. 진심으로요."

"네, 그럴 겁니다. 꼭."

동주는 직원에게 한 손을 내밀었다. 직원은 잠시 그 의미를 몰라 우물쭈물했다.

"제가 뭘 빠트리고 안 돌려드렸나요?"

"저도 첫 여행입니다."

그제야 직원은 긴장을 풀고 환한 표정으로 동주와 악수를 나누었다. 그리고 출국장을 통과하는 동주의 뒷모습을 바라보았다. 뒷모습만으로는 단잠별로 떠난 다른 이들과 전혀 다를 것이 없었다. '저는 돌아올 겁니다.' 어쨌거나 그 말은 어디론가 떠나야만 할 수 있는 말이 아닌가.

갑자기 공항 입구가 시끌벅적해졌다. 각양각색의 고깔모자를 쓴 중년의 남녀 십여 명이 손에 쥔 여권을 머리 위로 흔들어 대며 직원을 향해 달려오고 있었다. 한껏 기대에 부푼 그들의 모습에 직원은 크게 숨을 들이마시며 얼른 자세를 가다듬었다. 그리고 이번엔 절대로 실수하지 않으리라 다짐하며, 지난 일주일 내내 교육받은 미소를 간신히 얼굴에 떠올렸다.

*

여섯 달 전, 동주는 혜리에게서 '단잠별'에 대한 이야기를 처음 들었다.

"그런 별이 있대. 그 별에 사는 사람들은 가장 행복한 순간에 꿈결처럼 증발해 버린대. 어때, 멋지지 않아? 자신의 삶 중에 가장 행복한 순간, 그 행복감을 그대로 간직한 채 걱정도 후회도 없이 하얗게 증발해 버리는 거야."

동주는 웃었다. 농담인 줄 알았다. 늘 쾌활한 혜리였다. 혜리가 자신의 죽음에 대해 생각할 이유가 전혀 없었다. 자신의 현실에 만족하지 못한 사람이나 죽음을 따져보고 피치 못할 선택을 한다. 게다가 혜리는 그 끔찍한 얘기를 하면서도 미소를 짓고 있었다. 그러니 혜리의 말은 농담이어야 했고, 그래서 동주는 웃을 수밖에 없었다. 그것만으로도 충분한 대답이 되었을 거라고 생각했다. 그게 마지막 웃음이 될 줄은 꿈에도 몰랐다. "나 내일 떠나."라며 동주를 걱정스럽게 바라볼 때도 동주는 혜리의 말을 믿지 않았다. 확신이 없으면 절대 움직일 리 없는 혜리였기에 더더욱 그랬다. 하지만 혜리는 떠났다.

동주는 혜리가 떠난 후 줄곧 입을 닫고 살았다. 혜리에 대해 전부 알고 있다고 생각했었는데, 철저한 착각이고 오만이었다. 아무 말도 할 수가 없었다. 하고 싶은 말도 없었다. 할 말이 있어도 들어줄 혜리가 없었다. 입을 열지 못하니 숨이 점점 막혀왔다. 눈을 감기도 겁이 났다. 그대로 잠이 들면 영원히 못 일어날 것 같았다. 허겁지겁 잠에서 깨면 주위의 모든 게 엉망진창이 되어 있었다. 걱정과 원망과 혐오의 시선들이 동주를 쏘아보고 고개를 내저었다. 네가 그럴 줄 알았다는 듯. 모두 네 탓이라는 듯. 혜리처럼 동주를 바라봐 주는 사람은 아무도 없었다. 이곳에서는 할 수 있는 게 없었다. 그러니, 떠날 수밖에 없었다. 혜리를 다시 데려오기 위해. 단잠별로.

*

무인 우주여행선에 오른 동주는 허탈한 웃음을 지었다. 여행선 안은 최고의 여행상품이라던 광고가 무색할 정도로 많은 좌석이 비어 있었다. 마치 과대 포장된 과자를 뜯어놓은 것 같았다.

하긴, 혜리처럼 헛된 꿈을 꾸는 사람도 흔치 않을 것이며, 어딘가에 꿈같은 세상이 존재한다 해도 빡빡한 생계에서 잠시라도 일탈해 보는 건 생각만큼 쉬운 일이 아니다.

"단잠 A204 항공기에 탑승하신 여러분을 환영합니다. 여러분의 목적지 단잠별은 불행한 사람은 죽을 수 없는 별, 가장 행복한 순간을 경험한 사람만이 그 행복감을 안고 꿈결처럼 사라진다는 전설이 전해져 내려오는 아름다운 꿈의 별입니다. 그러니 단잠별 여행 중엔 항상 주위를 잘 둘러보세요. 언제 어디서 전설을 목격하실지도 모르니까요. 하지만." 여행선의 인공지능이 잠시 뜸을 들였다. "누구보다 먼저 여러분께서 가장 조심하셔야겠죠?"

기내 곳곳에서 웃음이 터졌다. 그 웃음 사이로 검은 고양이 그림 커플티를 맞춰 입은 젊은 남녀가 농담을 주고받았다.

"맞아! 우리가 가장 조심해야 해." 남자가 말했다.

"내리자마자 사라지지 않으면 죽을 줄 알아!"

여행객들은 처음 보는 사람의 농담에도 함께 웃어줄 정도로 여유가 넘쳤다. 모두 이번 여행에 대한 기대에 흠뻑 젖어 있기에 가능한 일이었다.

곧이어 단잠별의 홍보 영상이 모니터에 떴다.

〈꿈 꿔 보세요! 당신의 '더 나은' 인생을!〉

단잠별의 캐치프레이즈를 보고, 사람들의 탄성과 환호가 이어졌다. 애초에 무관심한 소비자를 꼬시기 위해 만들어진 영상이지만 이미 티켓을 구매한 여행객들도 영상에 푹 빠져들었다. 왜 아니겠는가. 의심은 티켓을 구매하기 전까지다. 티켓을 구매하고 여행선에 올랐다면 무조건 즐거운 여행이길 바랄 수밖에 없는 것이다.

하지만 그렇게 다른 여행객들을 비웃고 있는 동주 자신도 영상에서 눈을 뗄 수가 없었다. 아니, 어느 누구보다 영상에 집중했다.

동주는 영상 속에서 혜리를 찾고 있었다. 물론 터무니없는 억지라는 것도 잘 알고 있었다. 홍보 영상 속에서 혜리를 찾는 일이 티켓 가격만큼 여행이 즐거우리라 기대하는 것보다 더 합리적이고 이성적인 행동일 리는 없었다. 하지만 혜리가 지금 저 영상 속 별에 있었다. 그러니 혜리를 찾는 일을 포기

할 수가 없었다.

자동차 헤드라이트처럼 비치는 두 개의 달과 오로라보다 신비로운 색색의 구름. 그 구름에서 떨어지는 수정 같은 빗방울. 단잠별의 바다는 어느 별보다 투명하기 그지없다.

하지만 그 속에 혜리는 없었다. 혜리는커녕 영상 속에서 사람의 모습이라고는 찾아볼 수가 없었다. 시원스레 쭉 뻗은 도로와 하늘에 맞닿은 고층 건물들은 셀 수 없이 보이는데, 그 안에서 살고 있어야 할 사람들은 단 한 명도 찍혀 있지 않았다.

눈꺼풀이 스르르 감겼다. 졸음이 몰려왔다. 잠시 후 동주는 이 졸음이 자연스럽지 않다는 걸 깨달았다. 눈을 뜨려 해도 떠지지 않았다. 여행선의 수면 장치가 작동을 시작한 것이다. 좌석 등받이가 뒤로 젖혀지고 점점 정신이 몽롱해졌다. 상관없었다. 동주는 앞으로의 일에 대해 아무것도 확신할 수 없으면서도 육 개월 만에 처음으로 뭔가를 하고 있다는 사실에 안심이 되었다. 모스 부호처럼 뚝뚝 끊겨 들리던 인공지능의 안내 방송은 어느새 수면 유도 백색소음으로 들리기 시작했다. 아직은 모든 일이 순조로웠다.

*

"예약 번호를 알려주시겠어요?"

검정 턱시도를 단정하게 차려입은 호텔 매니저가 물었다.

"256호로 예약했습니다."

"2인실을 예약하셨네요?"

"네."

"나머지 일행분은요?"

동주는 잠시 머뭇거렸다. 그냥 아무 핑계나 둘러대도 상관없을 텐데, 혜리에 관련된 얘기는 쉽게 나오질 않았다. 자칫 부정적인 말이나 거짓말을 하면 그로 인해 혜리가 정말 해를 입거나 거짓말처럼 영영 사라져 버릴 것 같은 두려움 때문이었다. 그래서 동주는 혜리와 관련된 질문들에는 늘 두루뭉술하게 대답해 왔다. 이번에도 마찬가지였다.

"곧 올 겁니다. 피곤한데 좀 서둘러 주시겠습니까?"

매니저는 흔쾌히 고객의 요구사항에 충실히 임해주었다. 매니저가 왼손 검지로 테이블 위에 놓인 벨을 가볍게 터치하자 호텔 정문 입구에서 푸른 유니폼을 입고 대기하던 작은 체구의 아이가 헐레벌떡 뛰어왔다. 짧은 갈색 단발머리에 밝은 노란색 헤어밴드를 착용한 아이는 자기 몸보다 한 치수는 커 보이는 유니폼 때문인지 어깨가 더 축 처져 보였다. 아이는 매니저에게 객실 키를 넘겨받자마자 자기 어깨보다 큰 동주의 짐을 번쩍 집어 들었다. 동주는 아이가 자칫 짐을 놓쳐 다치기라도 할까 봐 조마조마했다.

"그럼, 즐거운 시간 보내세요. 지내시며 불편한 사항은."

"저, 이런 일을 하기엔 아이가 너무 어린 것 같은데요."

매니저는 잠시 동주의 질문을 이해하지 못한 것 같았다. 하지만 이전의 미소를 되찾는 데는 오랜 시간이 걸리지 않았다.

"그럴 리가요. 나나, 네 생각은 어떠니?"

"저는 어리지 않습니다!"

아이가 큰 소리로 대답했다. 외모와 마찬가지로 성별을 알 수 없는 목소리였다.

"그렇게 큰 소리를 낼 필요는 없어, 나나." 매니저가 아이를 타일렀다. 그리고 동주를 향해 말을 이었다. "아직 여행 책자를 다 읽어보지 못하셨나 보군요. 저희 별에선 어떤 일을 할 수 있고 없고의 여부는 그 일을 하고 싶은 사람의 의사에 달려 있답니다. 일에 나이는 상관없어요. 그 일을 하는 순간 그 일을 할 만한 나이인 거죠. 저는 나나가 이 일을 충분히 할 수 있는 나이라고 생각합니다. 왜냐하면 나나가 이 일을 원하니까요."

동주는 매니저의 대답이 맘에 들진 않았지만 더 이상 이의를 제기하지 않았다. 매니저 말대로 여행 책자를 꼼꼼히 읽어보지 않았다. 그럼에도 공항에서 여행 책자를 구매한 이유는 그 안에 든 단잠별의 지도 때문이었다. 혜리를 찾아 나서기 위해 필요한. 그밖에 동주가 단잠별에 대해 알고 싶은 것은 아무것도 없었다. 관심이 없었다. 곧 돌아갈 테니까. 꼭 돌아갈 테니까.

아이는 동주가 더 할 말이 없는 것을 확인하고 한 손으로는 캐리어를 밀고 나머지 커다란 짐은 어깨에 짊어지고 앞장서 나갔다.

객실로 향하는 복도는 지구의 호텔과 다름없이 CCTV가 곳곳에 설치되어 있었다. 동주는 쓴웃음을 지었다. 가장 아름답고 행복한 별에서 뭘 감시하려는 거지? 자국민은 믿어도 관광객은 못 믿겠다는 건가?

"혹시 저 카메라들은 행복한 사람들이 증발하는 모습을 찍으려고 설치한 건가?"

동주의 농담에 앞서 걷던 아이가 움찔거리며 어깨의 짐을 떨어뜨릴 뻔했다. 아이는 가까스로 균형을 잡았다.

"어깨에 짐은 내가 들어도."

아이는 동주의 말을 단번에 거절했다.

"아뇨! 괜찮습니다. 제가 할 수 있어요!"

동주는 알았다며 다시 아이에게서 한걸음 물러섰다. 아이는 동주의 짐을 옮기는 것만으로도 버거워 보였다. 고객에게 가쁜 호흡을 들키지 않으려 숨을 꾹 참고 있는 아이의 조막만 한 얼굴은 지나치게 가열된 철판처럼 새빨갛게 달아올라 있었다. 행복? 어느 별이나 한 치도 다를 바가 없었다.

마침내 방에 도착한 아이는 가쁘게 숨을 헐떡였다. 동주는 지체 없이 지폐 한 장을 꺼내 아이에게 팁을 건넸다. 지구에서보다 두 배는 높은 금액이었다. 하지만 아이는 전혀 반기는 기색이 없었다.

"적니?" 동주는 지갑을 다시 열었다.

"여행 책자를 꼭 읽어보세요." 아이가 대답했다. "이 별의 국민에게 돈은 필요 없어요. 하지만 기념품으로 받아둘게요."

동주는 필요 없다던 돈을 서둘러 바지 주머니에 구겨 넣고 돌아가는 아이의 등을 물끄러미 바라보았다. 그리고 이 모습도 감시카메라에 찍혔을 수 있겠다는 생각을 했다. 내키진 않지만 여행 책자의 몇 부분은 들춰볼 필요가 있을 것도 같았다.

동주는 자기가 준 팁 때문에 아이에게 불이익이 가지 않길 바랐다. 고작 며칠만 견디면 되는 별이었다. 아니, 혜리를 찾는 일은 생각보다 더 일찍 끝날지도 모른다. 그 짧은 시간에 또 다른 누군가의 삶에 피해를 입히고 싶진 않았다. 동주는 두 손으로 마른세수를 했다. 최대한 서둘러야 했다.

*

일주일째 아무 소득이 없었다. 단잠별은 투명한 담으로 둘러싸인 미로 같았다. 모든 게 공개된 것 같은데, 혜리는 보이질 않았다. 혜리의 사진도 동주가 알고 있는 혜리에 대한 모든 정보도 아직까진 무용지물이었다. 모두 고개를 내젓고 어깨를 으쓱거리거나 혹시나 하는 호기심으로 '행복전시관'을 가보는 게 어떠냐는 말만 늘어놓기 일쑤였다. 행복전시관이라니. 동주는 상대의 기분은 개의치 않고 자신들의 욕망을 거침없이 배설하는 사람들을 간신히 견뎌내고 있었다.

동주는 자판기에서 차가운 맥주를 뽑아 호텔 바 빈자리에 털썩 주저앉았다. 바 안은 웃고 떠들며 술잔을 부딪치는 사람들로 가득했다. 그런데도 아무도 사라지진 않았다. 맙소사, 아무도 사라지지 않는데 모두가 행복한 척하고 있다. 하긴, 혜리처럼 이 별의 전설을 진심으로 믿는 사람이 어딨겠는가. 행복한 자가 죽을 곳을 찾을 리 없고, 죽을 곳을 찾는 자가 행복할 리 없다. 갑자기 신경질적인 웃음이 터져 나왔다. 하지만 동주의 웃음은 바 안의 다른 웃음들에 섞여 전혀 차이가 나질 않았다.

그때였다. 누군가 동주의 소매를 잡아끌었다. 아주 작은 손이었다. 너무나도 약하고 조심스러운 손길이라서 동주는 놀라지도 않았다.

첫날 동주의 짐을 객실로 운반해 준, 팁을 받고도 전혀 기뻐하지 않던 아이였다.

"심부름 시키실 일 없어요?"

아이는 초조한 기색이 역력했다. 돈은 필요 없다고 하지 않았었나?

"미안하구나. 다른 손님을 찾아보렴."

동주는 자신의 부드러운 목소리에 가슴을 쓸어내렸다. 다행히도 화내지 않았다. 혜리를 찾지 못해 화가 난 것이지 아이는 아무 잘못도 없으니까. 그러나 언제까지 참을 수 있을지는 장담할 수 없었다.

하지만 동주의 마음을 알 리 없는 아이는 물러설 줄을 몰랐다. 최대한 감정을 조절하며 아이의 손을 뿌리쳐도 아이는 다시 동주의 소매를 잡아끌었다. 아이는 초조한 듯 호텔 입구를 자꾸만 힐끗거렸다. 그곳엔 귀에 무전기를 꽂고 있는 보안요원이 서 있었다. 동주는 아이와 보안요원 사이에 무슨 일이 있었는지 아무것도 모르면서도 온몸에 힘이 들어갔다. 아이의 겁에 질린 얼굴 때문이었다. 동주는 그 표정을 알고 있었다. 그런 눈을 본 적이 있었다. 그건 혜리가 떠난 후 매일매일 거울 속에서 보던 자신의 얼굴과 신기할 정도로 많이 닮아 있었다. 동주는 저도 모르게 보안요원을 노려보았다.

"그러지 마요." 아이가 속삭였다.

하지만 이미 보안요원이 동주와 아이 쪽으로 걸어오기 시작했다. 보안요원이 다가올수록 아이의 몸은 점점 얼어붙었다. 동주는 그런 아이의 모습이 안쓰러워 손을 꼭 잡아주었다. 그러자 마지막 남은 용기를 짜내듯 아이가 속삭였다.

"제발…… 저 좀 데리고 나가주세요."

보안요원이 아이 뒤에 바짝 다가와 섰다.

"무슨 문제라도 있으신가요?"

"여긴 서비스가 영 엉망이군요." 동주는 불만에 가득한 표정을 지어 보였다.

"같이 쇼핑을 좀 다녀오자니까 절대 안 된다고 하잖습니까. 사야 할 게 한둘이 아닌데, 나 혼자 그 많은 짐을 들고 다닐 수는 없지 않습니까?"

보안요원이 고개를 끄덕였다.

"아! 그러시군요. 그럼 외출이 허가된 직원을 붙여드리겠습니다. 그리고 쇼핑센터에서도 이곳까지 배달해 줄 짐꾼은 쉽게 구할 수 있으니, 너무 걱정하지 않으셔도 되고요."

"걱정이라뇨? 누가 걱정을 한다는 겁니까? 난 이 아이가 맘에 들어요. 난 꼭 이 아이를 데리고 나가야겠단 말입니다. 호텔은 고객의 요청 사항을 최대한 고려해야 하는 거 아닙니까?" 동주는 평소 가장 혐오해 마지않던 진상 고객처럼 무턱대고 우기기 시작했다. "나중에 무슨 일이 생기면 내가 책임지겠습니다."

"책임을 진다고요?"

보안요원은 묘한 표정으로 동주와 아이를 번갈아 보았다.

동주는 보안요원의 시선을 피해 바닥만 내려보고 있는 아이를 자기 쪽으로 힘껏 끌어당겼다. 그러고는 아이의 어깨를 감싸 안았다. 아이는 떨고 있었다. 다행이었다. 그 덕에 아이도 보안요원도 동주가 떨고 있다는 사실은 눈치채지 못했다. 동주는 재빨리 일어나 아이의 손을 잡아끌었다.

"그럼 허락받은 겁니다? 쇼핑만 하고 금방 돌아올 테니 걱정하지 마시고요."

보안요원은 더 이상 동주를 막아서지 않았다. 지금까지의 대치도 그저 호텔직원으로서의 임무였기에 어쩔 수 없었다는 듯 보안요원은 순순히 물러나 동주와 아이가 지나갈 길을 터주었다.

"부디, 즐거운 쇼핑이 되시길."

동주는 다리가 얼어 제대로 걷지도 못하는 아이를 끌고 호텔 정문을 간신히 빠져나갔다. 절로 미소가 지어졌다. 그야말로 오랜만에 느껴보는 성취감이 아닐 수 없었다.

*

"무슨 짓이야!"

목덜미를 잡힌 아이는 숨을 헐떡거렸다.

호텔을 빠져나와 보안요원의 시선을 벗어나자마자 아이는 동주의 손을 뿌리치고 도망치기 시작했다. 갑작스러운 도주에 동주는 죽을힘을 다해 아이를 뒤쫓았다. 허약해 보이기만 했던 아이는 지칠 줄을 몰랐고, 골목골목을 샅샅이 꿰고 있었다. 그런 아이를 잡은 건 정말 기적이나 다름없었다. 한 치수 큰 유니폼과 한 세트인 아이의 커다란 구두가 벗겨지지 않았더라면 동주는 보안요원에게 장담한 그 책임을 어떻게 져야 할지 막막했을 터였다.

아이는 제발 놔달라고 목 놓아 애원했다. 가뜩이나 조그만 몸을 동그랗게 말고 소리를 내지르는 아이는 가시를 뾰족하게 세운 고슴도치 같았다. 동주는 자초지종도 묻지 않고, 무턱대고 아이를 데리고 나온 자신의 경솔함에 진저리가 났다. 보안요원의 태도도 맘에 들지 않았지만, 그보다는 맘대로 되는 일이 아무것도 없어서 뭐라도 한번 내 맘대로 해보고 싶었던 것뿐이었다. 한심했다. 하지만 동주는 자신에게 향해야 할 화살을 아이에게 퍼부었다.

"대체 무슨 짓이냐고!"

아이는 울기만 했다. 동주는 그 우는 소리가 듣기 싫어 아이의 몸을 더욱 세게 잡아 흔들었다.

"나를 엿 먹일 셈이냐?"

아이는 손찌검이라도 당할 줄 알았는지 양팔로 얼굴을 감싸며 소리쳤다.

"알아요. 감사해요. 정말이에요. 아저씨한테 폐를 끼치고 싶은 생각은 절대로 없었어요. 믿어주세요. 그러니까 제발 놔주세요. 아파요, 아프다고요. 도망치지 않을게요. 정말이에요. 네? 네?"

동주는 아이의 새된 울음에 정신이 번쩍 들었다. 자연스레 고개가 떨궈졌다. 동주는 아직 아이의 이름도 알지 못했다. 한 번 들은 것도 같은데 기억나지 않았다. 이름도 모르는 아이가 동주에게 겁을 먹고, 울고, 사과를 하고 있었다. 끔찍했다. 동주는 이런 상황을 자초한 자신의 모습이 지독히도 혐오스러웠다.

동주는 유니폼에 새겨진 아이의 이름을 작게 소리 내어 불러보았다.

"나나."

아이는 또 한 번 몸을 움찔거렸다. 그 모습을 보자 동주야말로 울고 싶어졌다.

"돌아가자. 사정이 있겠지만."

"안 돼요!" 아이가 소리쳤다. "아저씨, 제발요."

"돈을 훔쳤니?"

"아뇨! 돈은 필요 없다니까요."

아이는 재빠르게 주머니를 뒤졌다.

"여기 아저씨가 준 돈이요. 다시 돌려 드릴게요, 이 별에서 돈은 필요 없다고요. 생활비는 정부에게 공평하게 나눠주니까, 이런 돈은 전혀 필요가 없어요. 정말이에요. 그건 이 별의 안내 책자만 봐도 다 알 수 있는 얘기라고요."

동주는 아이의 말에 전혀 놀라지 않았다. 그저 '그렇구나', 하는 심정이었다. 지금 동주에게는 무엇보다 시급한 일이 있었다. 괜한 오지랖으로 시작된 실수는 이쯤에서 마무리 지어야 했다. 갑작스레 피곤이 밀려왔다. 동주는 다시 아이를 타일렀다.

"어쨌든 호텔로 돌아가자."

"잠깐만요. 돌아갈게요, 정말이에요. 다시 돌아갈게요. 그리고, 돌아가지 않아도 저 같은 애들은 금방 잡히게 돼 있어요. 그러니까, 잠깐만 어딜 들렀다가 가요, 전 꼭 가봐야 해요. 제발요. 시간이 없어요. 아마 호텔에선 벌써 저를 마중 나오고 있을 거예요. 그러니까 잡히기 전에 꼭 가봐야 할 곳이 있단 말이에요, 제발요."

동주는 아이의 말을 무시하려 애를 써보았지만, 아이에게 목적지를 듣는 순간 정신이 아득해졌다.

'행복전시관.'

혜리를 찾으러 다닐 때마다 들었던 지독한 농담. 하지만 그럴수록 꼭 확인해 보고 싶으면서도 혼자서는 도저히 찾아갈 용기가 나질 않았던 곳. 아이는 바로 그곳으로 가길 원하고 있었다.

동주는 아이를 잡고 있던 손에서 힘을 뺐다. 아이는 도망치지 않았다. 여전히 울먹이면서 동주를 빤히 올려다보고만 있었다. 아이는 도망칠 곳이 없었고, 동주는 더 찾아볼 곳이 없었다. 행복전시관. 둘은 거울을 보듯 마주 서서 한참을 움직이지 않았다.

*

동주는 행복전시관 입구에 쓰여 있는 안내문을 읽고는 입을 열었다.

"여긴 오로지 관광객들에게만 출입이 허용된다는데?"

"가이드라고 하면 괜찮아요."

"그럼 나와 함께 오지 않았으면 아무 소용도 없었잖아."

"그러니까요. 저도 왜 도망쳤는지 모르겠어요."

나나의 진지한 표정에 동주는 피식 웃음을 흘렸다. 잠깐 긴장이 풀렸지만 웃음은 거기까지였다. 이젠 나나의 목적과는 무관하게 자신의 처지를 고민해야 할 때였다. 행복을 느낀 순간에 사라져 버린 사람들의 마지막 모습을 전시하고 있다는 행복전시관에서, 동주는 혜리를 찾게 될까 봐 불안하고 초조

했다.

전시관에 입장하자마자 나나는 행복의 숲 중앙으로 돌진했다. 동주는 나나가 가고 싶은 곳으로 가게 놔두었다. 어차피 각자의 목적이 달랐다. 동주는 전시관의 모든 작품을 하나하나 빠짐없이 살펴보아야 했다.

첫 작품부터 동주는 현기증이 일었다. 실물 크기의 입체 사진 속 인물들은 감히 동주로서는 엄두도 내지 못할 평안하고, 환희에 찬 표정을 짓고 있었다. 끝이 보이지 않을 정도로 길게 늘어선 사진들. 혜리를 찾기 위해선 그만큼의 행복들과 마주해야만 했다. 동주는 제멋대로 날뛰는 가슴을 진정시키기 위해 숨을 한번 크게 들이마신 후 다음 사진으로 걸음을 옮겼다.

그때였다. 전시장 반대편이 소란스러워졌다. 사람들이 우르르 몰려가는 소리가 들렸다. 그 소리 한가운데서 나나의 목소리가 울려 퍼졌다.

"엄마!"

동주도 뛰기 시작했다, 고작 '엄마!'라는 한마디 외침이었지만 그 말의 의미를 모르는 사람은 아무도 없었다. 촬영 금지 경고문 앞에서도 카메라 플래시가 폭죽처럼 터졌다. 관람객들을 탓할 수만도 없었다. 누군들 욕심이 나지 않겠는가? 그들이 찍은 나나의 사진은 이 별의 전설이 거짓이 아님을 확인해 주는 증거가 될 터였다.

나나는 사진에 얼굴을 비비며 하염없이 눈물을 흘렸다. 마치 사진이 깨어나길 바라는 주술처럼 나나의 울음은 전시관 안에 쩌렁쩌렁 울렸다. 그런 나나를 둘러싸고 함께 울어주는 관람객들과 아직 의심을 거두지 못하는 사람들 사이에서 동주는 나나와 같은 처지가 될까 망연자실해졌다.

그사이 어디선가 경비원들이 등장했다. 경비원들도 이런 상황은 처음 겪어보는 것 같았다. 관람객과 실랑이를 벌이고, 카메라를 빼앗고, 사람들에 떠밀려 다친 환자들을 돌보느라 정신이 없는 그들에게선 체계적으로 훈련받은 모습은 찾아볼 수가 없었다.

그런 와중에도 나나는 계속 울고불고 소리치고 있었다. 경비원이 끌어내려 하자 나나의 목소리는 더 날카로워졌다.

"일어나요, 엄마! 아저씨 도와주세요! 여러분 도와주세요!"

경비원은 나나의 입을 가까스로 틀어막았다. 그러고는 동주를 향해 질문을 던졌다. 나나가 동주에게 손을 뻗으며 도움을 청하고 있었기 때문이었다.

"보호자 되십니까?"

동주는 긍정도 부정도 하지 못한 채 어정쩡하게 대답했다.

"그게."

"저런, 말썽이 생겼군요."

동주의 등 뒤에서 낯익은 목소리가 들렸다. 호텔 보안요원이었다.

"책임지시겠다기에 믿고 보내드렸더니."

전시관 경비원들은 그의 등장에 몹시 당황한 눈치였다.

"나나를 마중 나왔습니다."

경비원에게 붙잡혀 있는 나나는 여전히 몸부림치고 있었다.

"하긴 고객님 탓은 아니죠. 고객님께서 떠나신 직후 바로 보고가 들어왔습니다. 호텔을 나가자마자 도망쳤다면서요? 그럴 줄 알았습니다. 나나는 호텔에서도 여러 가지 문제를 일으켰습니다. 물론 손님께서 주의 깊게 행동하셨으면 이런 불상사도 없었겠지만 말입니다. 나나는 이만 저희가 데려가겠습니다."

"알겠습니다. 그런데." 동주는 말을 더듬거렸다. "호텔에선 무슨 사고를."

"규칙을 어겼습니다."

그는 간단히 대답하고 등을 돌렸다. 더 이상 방해하지 말라는 무언의 경고였다. 전시관 경비원도 토를 달지 않고 나나를 건네주었다.

"엄마! 깨어나요, 엄마! 깨어나라고요!" 나나의 목소리는 점점 갈라져 쇳소리를 냈다. "아저씨! 도와주세요! 아저씨!"

하지만 동주는 나나를 도울 수 없었다. 아무것도 할 수가 없었다. 지금 나나를 도울 사람은 아무도 없었다.

하지만 왜? 동주는 이해할 수 없었다. 나나는 그저 엄마를 보고 싶었을 뿐이다. 아이가 행복한 모습으로 세상을 떠난 엄마를 보고 싶어 하는 게 이렇게나 큰 잘못인가? 그게 저런 식으로 무자비하게 끌려가야 할 만한 범죄일까? 호텔에서 여러 가지 사고를 쳤다지만 저 조그만 아이가 저지를 수 있는 사고라 봤자 얼마나 대단한 것이겠는가? 그런데도 동주는 아이를 도울 방법이 떠오르지 않았다. 나나를 도와줄 사람은 아무도 없었다. 이 광경을 나나 엄마가 보고 있다면 어떤 심정일지…….

순간, 동주는 보았다.

동주는 자기 말고 그것을 본 사람이 또 있는지 허둥지둥 주위를 두리번거렸다. 하지만 누구에게도 물어볼 수가 없었다. 아무도 믿지 않을 것이다. 믿을 수 있는 장면이 아니었다.

혼란스러운 동주의 눈이 보안요원과 마주쳤다. 보안요원은 어깨를 으쓱해 보였다. 동주는 숨이 멎는 것 같았다. 그도 그것을 본 것이 확실했다. 나나 엄마가, 그 사진이, 눈을 깜박인 것을.

보안요원이 입을 열었다.

"뭘 보셨나 보죠?"

"……아뇨. 그게."

동주는 말을 얼버무렸다.

"저는 봤는데." 그가 음흉한 미소를 지으며 말을 이었다.

"버그였죠. 간혹 있는 일입니다."

*

관람객은 모두 전시관 밖으로 쫓겨났다. 버그를 빨리 잡아내지 못하면 다른 전시물까지 오염된다는 이유 때문이었다. 물론 그 버그를 본 것은 동주와 보안요원뿐이었기에 영문을 알지 못하는 사람들은 관람료 환불을 요구하며 작은 소동을 벌였다. 동주는 그 소동을 뒤로하고 탈진 상태가 된 나나가 보안요원의 검은 차 안으로 끌려 들어가는 모습을 우두커니 지켜보았다.

임무를 마친 보안요원이 동주에게로 뚜벅뚜벅 걸어왔다.

"태워드릴까요?"

"아뇨." 동주가 대답했다. "저는, 아직 사진을 다 보지 못했습니다."

동주의 말에 보안요원은 짧게 혀를 찼다.

"저런, 많이 지쳐 보이시는데. 그러니까 더 힘들어지지 않게 조심하세요."

"그게 무슨 말인지……."

"보셨잖아요. 그게 뭐든 한 번 봤으면 그 이전으론 돌아갈 수 없죠. 누구나 마찬가지더라고요. 그럼 저는 이만 물러나 있겠습니다."

"나나를 데려가면 다 끝난 거 아닌가요? 우리가 다시 볼 일이 남았나요?"

보안요원은 또다시 어깨만 으쓱거리고는 검은 차에 올라탔다.

*

두 시간 만에 행복전시관은 다시 개장되었다. 공지한 시간보다 한 시간이나 더 지체되었기에 기다리던 관람객 절반이 환불을 받고 돌아갔는데도, 행복전시관은 새로 도착한 관광객들로 두 시간 전보다 훨씬 더 붐볐다.

동주는 그 넓은 전시관 안을 네 바퀴째 돌고 있었다. 처음 전시관을 돌 때는 혜리 사진을 발견하게 될까 봐 안절부절못했다. 두 번째 바퀴에서는 혹시 빼먹은 사진이 있을까 더욱 집중해서 사진들을 살피고는 혜리 사진을 발견하지 못했다는 사실에 어깨를 축 늘어뜨렸다. 이성적으로야 혜리가 아직 살아 있다는 사실에 기뻐해야 했지만 어쨌든 두 눈은 혜리가 보고 싶어 견딜 수가 없었다. 세 번째 바퀴에서는 이미 혜리 사진이 없다는 것을 알기에 사진은 쳐다보지도 않았다. 하지만 줄곧 바닥을 응시하고 있는 동주의 두 눈엔 시종일관 혜리의 얼굴이 보였다. 그리고 아무 의미도 없이 전시관을 네 바퀴째 돌고 나니 이제 동주에게는 피곤함밖에 아무 감정도 남아 있지 않았다.

동주는 전시관의 비상계단으로 걸음을 옮겼다. 비상계단 자동 센서등은 동주가 몸을 움직이지 않자 금방 소등이 되었다. 동주는 최대한 몸을 움직이지 않았다. 몸을 숨기기에도 마음을 숨기기에도 적당한 어둠이었다. 아무것도 보이지 않으니 진정한 휴식이 찾아온 것 같았다. 동주는 조심스레 담배를 꺼내 물었다. 한 모금을 깊게 빨아들이자 긴장이 스르르 녹아내렸다.

"금연 구역입니다."

자동 센서가 점등됐다. 동주는 눈을 찡그렸다. 그리고 목소리 쪽으로 고개를 돌렸다. 조금 전 보안요원에게 나나를 넘긴 경비원이었다. 경비원은 동주의 얼굴을 확인하고는 깊은 한숨을 내쉬었다.

"또 당신입니까?"

동주는 담배를 떨어뜨리고 발로 밟아 껐다. 간단한 사과를 건네고 지나가려는 동주를 경비원이 막아섰다.

"죄송하지만 통제실로 함께 가주셔야겠습니다."

"담배 한 대 피운 것뿐입니다."

"그러니까 말입니다. 담배 한 대 피운 만큼의 절차를 밟으셔야 할 것 같습니다."

"벌금이라도 내야 합니까?"

"비슷한 겁니다."

동주는 하는 수 없이 경비원을 따라 통제실로 향했다.

통제실로 들어서자마자 동주의 시선을 사로잡은 것은 한 쪽 벽을 가득 채우고 있는 대형 스크린이었다. 그 스크린은 바둑판처럼 수십 조각으로 나뉘어 전시관 곳곳을 감시하고 있었다. 여섯 명의 경비원이 그 화면 앞에 앉아 눈을 떼지 않았다.

동주는 통제실 소파에서 대기했다. 경비원은 잠깐 기다리라며 동주가 작성해야 할 서류를 가지러 갔다. 동주는 차라리 잘됐다고 생각했다. 춥고 딱딱한 비상계단보다야 푹신한 소파 쪽이 피곤한 몸을 쉬기엔 안성맞춤이었다. 게다가 소파 앞 테이블에는 담배꽁초가 수북이 쌓인 재떨이까지 놓여 있었다. 동주는 담배에 다시 불을 붙였다. 그러자 기다렸다는 듯 경보음이 울렸다. 동주는 깜짝 놀라 재떨이에 담배를 비벼 끄며 눈치를 살폈다. 하지만 통제실 안 누구도 동주를 신경 쓰지 않았다. 경비원들은 투덜거리며 스크린만 바라보고 있었다.

"오늘따라 왜 이래?"

동주의 호기심도 그들의 시선을 따라갔다.

스크린은 전시관에 진열된 사진 중 하나를 확대해 비추고 있었다. 사진을 감싸고 있는 액자에 빨간 불빛이 반짝였다. 문제가 생긴 것 같았다. 경비원들은 못마땅한 기색으로 유니폼 점퍼를 느릿느릿 걸쳐 입었다.

동주를 데려온 경비원은 난처한 표정이었다. 하지만 곧 아무것도 건드리지 말고 얌전히 기다리라는 경고를 남기고는 동료들을 따라나섰다.

동주는 비상계단에서 담배를 피운 행위가 얼마나 사소한 규칙 위반이었는지를 새삼 깨달았다. 그런 사소한 규칙 위반 때문에 통제실까지 끌려온 보잘것없는 인간이 바로 자신이었다. 그렇게 보잘것없으니 쉽게 버려지는 구제 불능의 인간. 텅 빈 통제실에 홀로 남겨진 통제 불능의 인간.

동주는 자리에서 천천히 일어나 통제실 안을 기웃거리기 시작했다. 통제실은 커다란 스크린 말고는 딱히 관심을 기울일 만한 것이 눈에 띄지 않았다. 나머지는 고작 동주가 앉아 있던 소파와 통제실 구석에 자리한 숙직실뿐이었다. 동주는 통제실의 관리자처럼 중앙에 팔짱을 끼고 서서 스크린을 응시해 보았다. 스크린 속에서는 경비원들이 분주히 움직이고 있었다.

"관리자들만 아는 길인가?"

경비원들이 지나고 있는 통로에는 수족관처럼 보이는 수많은 유리관이 일렬로 벽에 박혀 있었다. 동주는 그 안에 들어 있는 것들의 정체가 궁금해 스크린 앞으로 바짝 다가서다 깜짝 놀라 뒷걸음을 쳤다. 양팔에 소름이 돋고 머리카락이 쭈뼛섰다.

그건 사람이었다. 아니, 정확히 말해 그건 사진 속 인물들의 형상이었다. 그러니까 지금 경비원들은 전시된 사진의 벽 뒤편을 걸어가는 중이었다. 전시관 정면에서 사진을 보았을 때는 어떻게 저런 입체적인 사진을 찍을 수 있었는지 무척이나 궁금했는데, 실상을 알고 보니 꽤 아날로그적인 방법으로 사기를 치고 있구나 싶어 실소가 터져 나왔다. 허탈했다. 결국 전시관 안의 사진은 전부 가짜라는 소리였다. 나나도 동주도 모두 속은 거였다. 전시관 작품들은 행복한 사람들이 사라지는 순간을 포착한 사진이라고 했다. 하지만 지금 동주가 보고 있는 것은 사진이 아니었다. 아무리 과학이 발전했다고 해도 시공간을 아이스크림을 숟가락으로 떠먹듯 푹 떼다가 옮겨 놓을 수는 없는 것이다.

경비원들은 고장 난 유리관 앞에 도착해 장비를 꺼내서 수리에 들어갔다. 동주는 그들의 작업 모습을 뒤로하고 소파로 발길을 옮기다가 숙직실이라고 적혀 있는 문으로 고개를 돌렸다. 문득 궁금해졌다. 과연 그들이 돌아올 동안 숙직실을 잠깐 엿보는 건 비상계단에서 담배를 피운 것보다 얼마나 더 큰 규칙 위반일까?

숙직실 문은 어떤 저항도 없이 스르륵 열렸다. 전시관의 핵심인 작품들이 하찮아지니 그 하찮은 것들을 보호하기 위한 규칙도 하찮게 여겨질 수밖에 없었다. 캄캄한 숙직실 안. 동주는 문 옆을 더듬어 보았다. 손끝에 스위치가 닿았다. 환하게 불이 들어오자마자 긴장을 풀고 있던 동주는 깜짝 놀라 엉덩방아를 찧었다.

동주의 눈앞에, 나나 엄마의 사진이 있었다. 커다란 유리관에 담긴 나나 엄마의 형상. 유리관 정면에는 불량, AS 반품이라고 적힌 노란 딱지가 붙어 있었다.

이제 그 전시물이 나나 엄마의 사진이 아닌 가짜 모형이라는 것을 알게 되었지만, 그렇더라도 나나 엄마의 모형이 여전히 황홀하고 완벽해 보인다는 것은 부정할 수가 없었다. 양팔을 벌리고, 달려오는 누구라도 힘껏 껴안아 줄 것 같은 나나 엄마의 이미지는 전시관 안의 화려한 조명이 없으니 색감은 조금 어두워졌지만, 관람객을 홀리기엔 여전히 아름다운 사진임이 틀림없었다. 그리고 그 자식마저 속을 정도로 완벽한 사진을 가만히 보고 있자니 동주의 눈앞에는 다시 혜리의 얼굴이 떠올랐다. 전시관에서도 찾을 수 없었던 혜리. 불행이라고 말할 수도 없지만 다행이라고도 부르기 힘든 이 상황에 동주의 눈에선 눈물이 주룩 흘러내렸다.

동주는 전시물 유리에 비친 눈물에 잠시 당황했다. 마치 얼굴을 마주 보면서 나나 엄마가 함께 울어주고 있는 것만 같았다. 동주는 얼른 옷소매로 눈물을 훔쳤다. 그리고 다시 유리에 비친 자기 얼굴을 바라보았다. 역시나 눈물은 쉽게 멈춰지지 않았다. 오래도록 참은 눈물의 양은 가늠하기가 힘들었다. 동주는 또 한 번 눈물을 훔쳤다. 이번에도 마찬가지였다. 나약해질 대로 나약해진 심신과 핼쑥해진 얼굴, 그리고.

동주는 눈물이 조금씩 뒷걸음치는 것을 보았다. 유리에 비친 얼굴 너머의 얼굴. 그뿐 아니었다. 나나 엄마의 입술도 조금씩 움직이고 있었다. 두꺼운 유리가 나나 엄마와 동주를 분리해 주고 있었지만 그건 아무런 도움도 되지 못했다. 마침내 동주는 그 목소리를 듣고 말았다.

"꺼내줘, 나나."

동주는 미친 사람처럼 비명을 내질렀다. 여기 사람이 갇혀 있다고, 꺼내 줘야 한다고, 밖에 누구 없냐고. 동주는 유리관을 발로 차고 주먹을 휘두르고 온몸으로 유리관을 들이받았다. 그래도 유리관이 끄떡하지 않자 동주는 숙직실 벽에 기대

있던 철제 의자를 들고 유리관을 내리치기 시작했다. 몇 번을 반복하자 그제서야 유리관에 조금씩 금이 가기 시작했다. 동주는 멈추지 않았다. 팔이 떨어져 나갈 것 같고, 철제 의자가 튕겨 나와 되레 이마를 다치면서도 동주는 멈추지 않았다.

유리관은 퍽 소리와 함께 작은 파편이 되어 바닥으로 쏟아져 내렸다. 유리관을 가득 채우고 있던 정체 모를 액체는 뜨거운 물에 녹인 젤리처럼 숙직실 바닥을 둥둥 떠다녔다.

동주는 얼른 나나 엄마를 일으켜 숙직실 침대에 눕혔다. 나나 엄마가 쿨럭일 때마다 젤리 모양의 액체가 입에서 뿜어져 나왔다. 동주는 목이 터져라, 경비원을 불렀다. 그런 동주의 손을 나나 엄마가 붙잡았다.

"나나, 나나는 어디 있죠?"

동주는 대답 대신 나나 엄마의 손을 꼭 잡아주었다. 나나 엄마는 정신 나간 사람처럼 안절부절못했다. 그리고 계속해서 여기는 어디냐고 물었다. 동주는 행복전시관이라고 대답해 주었다. 가뜩이나 창백한 여자의 얼굴에선 더욱 핏기가 사라졌다. 그리고 울상이 되어 동주에게 매달렸다.

"도망쳐야 해요. 날 좀 나가게 해주세요."

동주는 당황했다. 몇 시간 전, 나나에게도 똑같이 들었던 말. 동주는 나나 엄마의 부탁에 호텔 보안요원의 얼굴이 떠올랐다.

동주는 고개를 내저었다. 하지만 동주가 고개를 저을 때마다 여자의 애원은 더욱 거칠어졌다. 일어나 앉을 힘도 없으면서 어디서 솟은 것인지 동주의 팔을 잡고 있는 손아귀 힘은 상상을 초월했다. 그 손아귀 힘이 세질수록 여자의 목소리도 더욱 날카로워졌다.

"빨리 날 내보내 달라고! 날 내보내 달란 말이야!"

동주는 주문에 걸린 듯 여자를 둘러업고 전시관 밖으로 미친 듯이 내달렸다. 정말 이 모든 상황이 미쳐버린 것 같았다. 그나마 다행인 건 스크린 속 경비원들이 여전히 작업 중이라는 것과 비상계단이 어디 있는지 이미 알고 있다는 것이었다.

*

"그게 몇 시간 전이죠?"

동주는 네 시간쯤 지났다고 대답해 주었다. 여자는 나나의 이름을 부르며 양손으로 얼굴을 감쌌다.

"다 끝났어요. 이젠 나나를 찾을 수 없어요."

"아뇨, 호텔로 가면 만날 수 있을 겁니다."

여자는 동주의 얼굴을 기가 막힌 듯 쳐다보았다.

"아무것도 모르는군요. 나나가 아무 말도 해주지 않던가요?"

"뭘 말입니까?"

"죄송해요." 여자의 목소리가 떨렸다.

"제가 들어야 했던 말이 있습니까?"

여자는 대답하지 않았다.

이번엔 동주가 답답함을 견디지 못하고 언성을 높였다. 오늘만 이 별의 규칙을 몇 개나 어겼는지, 그 규칙을 어긴 결과 자신이 어떤 처벌을 받게 될지 몰라 동주는 조바심이 났다.

"대체 다들 나한테 왜 이러는 겁니까?"

여자는 또 다시 미안하다는 사과만을 건넬 뿐이었다.

"됐습니다. 저와는 상관없는 일이니까. 조금 전엔 너무 놀라서 하자는 대로 했지만 그만 돌아가시죠. 당신도 치료를 받아야 할 것 아닙니까?"

여자는 고개를 들어 동주를 바라보았다.

"그럴 필요 없어요."

"그럼 맘대로 하세요. 저는 이만 가봐야겠습니다. 제가 돌아가서 자초지종을 다 설명하고."

"애쓸 필요 없어요. 곧 그들이 마중 나올 거예요."

동주는 보안요원이 나나를 데리러 왔을 때가 떠올랐다. 그가 말했다. 마중 나왔다고. 동주는 상황을 직감하면서도 쉽게 인정하려 들지 않았다.

"난 그저 나나와 당신의 부탁을 들어줬을 뿐입니다. 그리고 난 당신들이 무슨 짓을 저질렀는지 알지도 못한다고요!"

"그래서, 미안하다고요."

여자는 진심인 것 같았다. 그래서 동주는 더욱 두려워졌다.

"좋습니다. 당신들이 무슨 짓을 저질렀는지 몰라도 바보 같은 내가 거기 말려들었다고 해두죠. 그래서 당신이 말하는, 그들이 마중을 나오면 내가 어떻게 된다는 겁니까?"

"잠들어 버려요." 여자가 말했다. "이 별에선 자기 위치에서 한 걸음이라도 이탈하는 사람들을 모두 잠재워 버려요."

동주는 웃음을 터트렸다.

"그거 잘 됐군요. 이젠 정말 좀 자고 싶었는데."

여자가 다시 말을 이었다.

"혹시 이 별의 전설은 알아요?"

"모르는 사람도 있습니까?" 동주는 짧게 대답했다.

"전설이 아니에요. 행복이란 게 뭔지 알아버린 순간 정말 사라져 버려요. 정확히 말하자면 행복이란 게 뭔지 고민하고 깨닫는 순간 정부에 잡혀가는 거예요. 잡혀가선 잠이 들죠. 강제로. 영원히. 죽을 때까지 죽이진 않아요. 단지 잠을 재우죠."

공상 과학 만화 같은 여자의 말에 동주는 웃을 수밖에 없었다.

"정말 치료를 받아야 할 것 같군요."

여자는 고개를 가로저었다. 그리고 안타까운 시선으로 동주를 바라보았다.

"처음엔 다른 별과의 계약이었어요." 여자는 동주의 말은 안중에도 없는 듯했다. "그렇겠죠. 매력적인 전설이니까. 그 전설을 이용하고 싶은 자들이 수두룩한 건 당연하죠. 그들은 자기네 별의 반정부 세력과 범죄자들을 이 별로 보내기 시작했어요. 시작은 그랬어요. 자기네 별에서 처리할 수 없는 자들을 이 별에 한데 모아 잠재워 버리기로 한 거죠. 우리는 거절하지 않았어요. 거절할 이유가 없었죠. 풀 한 포기 나지 않아 농사를 지을 수도 가축을 기를 수도 없는 이 별은 식량을 늘 원조 받아야 했거든요. 처음엔 다 우리를 위한 정책이었죠. 이 별 사람들도 먹고 살아야 하니까. 하지만 식량이 넘쳐나자 우린 배우지 말아야 할 것을 배우고 만 거예요."

"무슨 소립니까? 나는 내 의지로 여행을 온 거라고요. 나는 정치 따윈 몰라요. 범죄자도 아니란 말입니다. 강제로 떠밀려 온 게 아니에요."

"흥분하지 말아요. 아무도 강제로 떠밀려 오진 않아요. 하지만, 어떻게 이 별에 대해 알았죠? 이 별에 대한 광고를 보고 온 것 아닌가요? 이 별에 대한 전설 말이에요."

"그게 어쨌다는 말입니까? 광고는 누구나 볼 수 있어요. 당신 말대로라면 그 광고를 보고 여행선을 탄 모두를 아무 기준도 없이 이곳에 잠재워 둔단 말입니까? 여행은 피난도 투쟁도 아니라고요!"

"기준? 있어요. 모두가 그 광고를 볼 수 있지만, 광고를 본 모두가 이 별에 오진 않아요. 정말 모르겠어요? 입에 불평불만을 달고 살아도 더 나은 삶을 위해 행동하는 사람들은 극히 드물어요. 이 별에 오는 사람들은 늘 자신의 행복을 따져보고, 더 행복해지기 위해 언제나 바쁘게 움직이는 사람들이라고요. 움직이고, 즐기고, 바꾸려는 사람들. 그들의 그 '바꿀 수 있다'라는 생각은 언제 터질지 모르는 시한폭탄이나 다름없죠. 정부에겐 그만한 위협이 없고요."

동주는 누군가의 말이 떠올랐다. 그는 사람마다 각자의 자장이 있다고 했다. 우울한 사람은 우울한 사람들을 불러들이게 마련이고, 밝은 사람 주위엔 언제나 밝은 사람들로 가득하다고. 그 말이 사실이라면 자기 주위에는 말도 안 되는 이야기를 지어내는 공상가들만 가득했다.

"황당하군요. 재밌는 얘기지만 당신 말을 누가 믿겠습니까?"

"그러게요. 그러니 완벽한 정책이죠."

동주는 자리에서 벌떡 일어났다.

"그래, 좋습니다. 근데 당신 말대로라면, 그 많은 여행객을 모두 어떻게 잠재우는 거죠? 그 많은 사람을 어떻게 아무에게도 들키지 않고 잠재워 가둘 수 있느냔 말입니다."

"돌아가는 여행선 안에서 재워요." 여자는 조금도 망설이지 않고 대답했다. "그리곤 바로 옮겨지죠. 행복전시관이나 수면 보관소로. 사람들 모두가 항공 우편이 되는 거죠."

지구-08-공항 직원이 말했었다. '돌아온 사람이 아무도 없어요.'

동주는 아무 말도 하지 못했다. 여자의 말은 믿지 않기에는 너무나 구체적이었고, 그 모든 비밀을 알고 있다는 점에서 그 만큼이나 믿기 힘들었다.

"그 말이 모두 사실이라고 칩시다. 당신은 어떻게 그걸 다 알고 있는 거죠?"

동주의 질문에 여자는 금세 울먹이기 시작했다.

"그러게요. 알면 안 되는 거였는데…… 알고 싶지도 않았는데……."

여자는 거기까지 말하고는 참담한 표정으로 두 손을 모으고 동주가 처음 듣는 말을 중얼거리기 시작했다. 하지만 그 중얼거림이 이 별의 기도라는 건 누가 들어도 알 수 있었다.

"더는 얘기하고 싶지 않군요. 저와는 상관없는 이야기입니다."

뒤돌아 걷던 동주는 도저히 참을 수가 없어 결국 걸음을 멈췄다. 그리고 하나 마나 한 말을 끝내 하고야 말았다.

"난 여행을 온 게 아니라고요! 나는 혜리를 찾으러 왔을 뿐이란 말입니다!"

여자는 고개를 들고 피곤한 말투로 대답했다.

"소리칠 필요 없어요. 아마 그래서 나나도 당신을 오해한 걸 거예요. 당신은 어쩐지 다른 사람들하곤 달라 보이거든요." 여자는 말을 마치고 떨리는 몸을 진정시키려는 듯 자신의 몸을 꽉 끌어안았다. "착각을 한 거죠. 누구나 조급해지면 환상을 보잖아요."

"됐습니다! 그만!"

동주는 다시 여자를 등지고 걷기 시작했다. 시간을 너무 낭비했다. 이래서야 혜리를 찾기는커녕…….

"도망쳐요!"

나나 엄마가 다급하게 소리쳤다.

뒤를 돌아보자 검은 차가 나나 엄마에게 가까워지고 있었다. 나나 엄마는 흐느적거리는 팔을 휘휘 내저으며 동주에게 도망치라고 계속해서 소릴 질렀다. 동주는 도망칠 이유가 없다고 항변하고 싶었지만, 검은 차가 점점 가까워지자 전력을 다해 뛰기 시작했다. 그것만으로 동주는 나나 엄마의 말을 모두 인정해 버린 셈이었다.

*

여행객들이 북적대는 단잠별 거리의 한복판에서 동주는 나나 엄마에게 들은 말을 하나하나 곱씹어 보았다. 역시 모두 엉터리였다. 거리에 가득한 여행객들은 기껏해야 손바닥만 한 카메라로 한순간의 추억을 찍고, 그것을 몇 년이 지나도 펴보지 않을 폴더에 담아놓은 채 기약도 없는 미래를 또 한 번 살아가는 평범한 사람들일 뿐이었다.

동주는 고개를 가로젓고는 다시 혜리를 찾아 헤맸다. 만나는 사람마다 혜리의 사진을 들이댔지만 모두 손을 내저었다. 그 와중에도 동주는 혜리를 찾기 위해 번화가로 나왔다가 검은 차를 보면 골목으로 숨기를 수십 차례 반복했다. 어쩔 수 없었다. 모두 거짓말이라고 아무리 생각을 다잡아도 검은 차만 보면 몸이 저절로 숨을 곳을 찾았다. 동주는 아무도 없는 뒷골목에서 한심한 제 모습과 처지를 한탄하다가 다시 용기를 억지로 쥐어짜 내 조심스럽게 거리로 나섰다.

또 한 대의 검은 차가 조용히 동주 앞으로 미끄러져 들어왔다. 동주는 또다시 뒷걸음질 치다가 이를 악물었다. 모두 거짓말이다! 그렇게 마음속으로 소리치며 검은 차가 다가와도 도망치지 않았다. 하지만 검은 차는 동주를 그냥 지나치지 않았다. 차창이 내려가고 보안요원이 인사를 건넸다.

"마중 나왔습니다."

따돌린 걸까? 동주는 비 오듯 흐르는 땀을 닦아냈다. '마중 나왔습니다.' 그 말뿐이었다. 보안요원은 차에서 내려 그를 제압하지도 따라오지도 않았다. 그런데도 동주는 뒤도 돌아보지 않고 죽을힘을 다해 도망쳤다. 이 별의 골목이란 골목은 모조리 들어가 본 것 같았다. 다리가 후들거려 일어설 수 있을지도 의문이었다. 떨리는 몸이 진정되지 않았다. 동주는 바닥을 기듯이 골목 모퉁이로 다가가 거리를 살폈다. 검은 차는 보이지 않았다. 그 점이 동주를 더 불안하게 만들었다. 그들은 마음만 먹으면 얼마든지 동주를 잡을 수 있었을 것이다. 그러니 동주가 잡히지 않은 것은 쫓아올 필요가 없기 때문이었다. 결국 이 상황은 동주가 도망쳐 봤자 소용없다는 방증밖에 되지 않았다.

동주는 여자의 말을 떠올려 보았다. 여행객들은 돌아가는 여행선에서 잠이 들어 행복전시관과 수면 보관소로 옮겨진다고 했다. 돌아가는 여행선에서…… 돌아가는 여행선에서…….

동주는 마침내 수수께끼를 푼 것 같았다. 천천히 몸을 일으켰다. 그리고 여행객들이 분주히 오가는 거리 한복판으로 힘없이 걸어 나갔다.

'혜리는 돌아올 생각이 없었으니까. 혜리는 편도 티켓밖에

갖고 오지 않았으니까.'

동주는 거리 한복판에 서서 움직이지 않았다. 얼마 지나지 않아 검은 차가 동주 앞에 나타났다.

"늦었네요." 동주가 말했다.

보안요원이 차창을 열고는 고개를 갸웃거렸다.

"실례가 됐나요?"

동주는 말없이 차에 올라탔다. 그리고 혜리의 사진을 보안요원에게 건넸다.

"사람을 찾고 싶습니다."

"그거야 어렵지 않죠. 근데 찾아서 뭘 어쩌시려고?"

"궁금한가요?"

보안요원은 미소를 지으며 어깨를 으쓱거렸다.

"별로."

*

보안요원은 동주를 호텔의 구석진 사무실로 안내했다. 사무실 문에는 이미 잠들어 버렸을지도 모를 나나의 이름이 조그맣게 적혀 있었다.

〈2급 보안실〉 – 정리 담당 : 나나 –

보안요원이 혜리에 대한 데이터를 찾아 프로젝터를 돌렸다.

금방 혜리의 모습이 스크린 위에 떠올랐다.

"찾던 분이 맞으시죠?"

"네."

"다른 여행객들과 달리 돌아갈 생각이 없더군요. 돌아갈 생각이 없으니 우리가 나설 필요도 없고 말입니다."

"왜 행복해 보이지 않을까요?"

"글쎄요, 어쨌거나 다행 아닙니까?"

"이 별엔 혜리가 좋아하는 색들이 가득한데도."

"아, 그거요? 최고의 관광 상품이죠. 잠든 사람들의 꿈으로 만들어진. 고작 뇌파 그래프 같은 건데." 보안요원은 곱슬거리는 옆머리를 손가락으로 톡톡 두드리며 미소를 지었다. "그것도 꿈은 꿈이라고, 꿈은 언제나 또 다른 누군가를 불러들이기 마련이니까요."

동주는 화면 속 혜리의 모습에서 눈을 떼지 못했다.

"잠깐 혼자 있게 해주시겠습니까?"

"좋으실 대로." 보안요원은 흔쾌히 승낙해 주었다. "여자분에 관한 데이터는 모두 이 테이블 위에 올려놓겠습니다. 부디 행복한 시간이 되시길."

보안요원은 문 앞을 지키던 동료와 함께 방을 나섰다.

동주는 혜리가 이 별에 도착했을 때부터 지금까지의 모습을 하나라도 놓칠까 봐 온 신경을 화면에 집중했다. 무려 열

시간이 넘게 혜리에 대한 데이터를 훑었는데, 그 많은 데이터가 마치 하나의 데이터를 복사해 놓은 것 같았다. 혜리는 매일 혼자 숙소 주변을 산책하고, 누군가와 대화를 나눈 적도 없으며, 언제나 같은 자리에서 같은 시간에 같은 메뉴를 시켜 식사를 해결했다.

더는 볼 필요가 없었다. 동주는 영상을 껐다. 그리고 깜깜한 어둠 속에 가만히 앉아 있었다. 다행히 오랜 시간이 지나도 아무도 동주를 방해하지 않았다.

*

동주는 옷을 단정히 차려입고 호텔을 나섰다. 혜리가 지내고 있는 숙소는 동주가 묵고 있는 호텔에서 불과 몇 블록밖에 떨어져 있지 않았다. 그러니 그동안 혜리를 찾지 못했던 것도 당연했다. 혜리를 찾아 그 먼 길을 날아왔음에도, 동주는 늘 자기와 가장 멀리 떨어진 곳에 혜리가 있을 거라고 생각하고 있었다.

동주는 빠르지도 느리지도 않은 걸음으로 혜리 앞에 다가가 섰다. 혜리는 깜짝 놀란 표정으로 동주를 바라보았다.

"나야."

그제야 혜리는 얼굴 가득 환한 미소를 지었다.

"왔구나!" 혜리가 소리쳤다. "믿어져? 어제 네 꿈을 꿨어."

혜리는 동주를 자리에 끌어 앉히고는 그동안의 이야기를 풀어놓았다. 동주는 혜리의 말을 넋을 잃고 듣기만 했다. 그토록 그리웠던, 그렇게 찾아 헤매던 혜리의 말투였다. 영상에서 보았던 생기 없는 혜리를 혜리의 이야기 속에선 전혀 찾아볼 수가 없었다. 무엇이 진실인지는 알 수 없지만, 이제 그런 건 아무래도 좋았다. 어쨌든 혜리가 앞에 있었다. 언제라도 손이 닿을 수 있는 거리에, 자기 이야기를 귀담아들어 주는 동주를 바라보며 해맑게 웃고 있었다. 동주는 혜리가 하고 싶은 이야기를 끝마칠 때까지 긴 시간을 차분히 기다렸다.

마침내 혜리가 말을 마치고, 동주에게 물었다.

"그런데, 어쩐 일이야?"

동주는 지구에서부터 준비해 두었던 말을 고이 꺼내 혜리에게 건넸다.

"마중 나왔어."

혜리의 눈에서 눈물이 툭 떨어졌다.

*

공항까지는 보안요원이 배웅해 주었다. 혜리의 귀국은 예정에 없던 일이었지만 보안요원은 딱히 그 점을 문제 삼지 않았다.

“좀 더 오래 계셔도 될 텐데요?”

“아뇨, 이제 돌아가고 싶어요.” 혜리가 대답했다.

보안요원은 동주를 힐끗 보고, 혜리에게 작별 인사를 건넸다.

“좋은 남자친구를 두셨네요. 조심히 돌아가시고 두 분이 꼭 행복하시길 기원하겠습니다.”

“네, 고마워요.”

이번에도 혜리는 해맑게 대답했다.

무인 우주여행선에 오른 동주는 걷잡을 수 없는 죄책감에 사로잡혀 어쩔 줄을 몰랐다. 아무래도 이건 아니었다. 아직 되돌릴 기회가 있었다. 혜리를 설득할 시간이 몇 분은 남아 있었다. 아니, 설득은 나중에 해도 된다. 우선 이 죽음의 여행선에서 내려야 했다.

“내리자.” 동주가 혜리의 손을 잡아끌었다.

“가만 있어.”

혜리가 동주를 타일렀다. 그리고 단호하게 말했다.

“가만히 있어, 괜찮아.”

“그래도 이건.”

동주는 자신의 행동을 뼈저리게 후회했다. 어젯밤, 여행 책자에는 나와 있지 않은, 단잠별의 비밀을 혜리에게 들려주는 게 아니었다. 하지만 달리 방법이 없었다. 결단을 내려야만 했다. 보안요원과 약속한 날이 다가왔다. 단잠별의 비밀을 알고 있는 자를 깨워둘 수는 없다고 했다. 동주는 자신이야 어떻게 되든 아무 상관없었다. 지난 일주일간 혜리와 지내며 다시 한 번 뼈저리게 깨달았다. 머지않아 혜리는 또다시 자신을 떠나리라는 것을. 혜리 탓이 아니었다. 이제까지와 마찬가지로 문제는 동주 자신에게 있었다. 아무리 애를 써도 혜리의 꿈을 따라잡을 수가 없었다. 상상력이 부족했다. 함께 꿈을 꾸지 못하니 혜리의 꿈을 채워줄 수도 없었다. 그러니 혜리와 이토록 행복한 재회를 하게 된 지금 동주는 이대로 잠들어도 괜찮다고 생각했다.

하지만 혜리는 안 된다. 혜리가 그 끔찍한 여행선을 타는 일은 반드시 막아야 했다. 그러기 위해선 혜리에게 단잠별의 비밀을 알려주어야만 했다. 혜리가 또 어느 날 문득 어딘가로 떠나고 싶을 때 아무것도 모른 채 여행선에 탑승해 잠들어 버리는 일은 기필코 막아내야만 했다.

혜리는 단잠별의 비밀을 가만히 듣고만 있었다. 그리고 피곤하다며 일찍 잠자리에 들었다. 충격을 받은 것 같았다. 어쩔 수 없었다. 동주가 할 수 있는 일은 거기까지였다. 홀로 남은 혜리가 어떤 삶을 살아갈지에 대해선 혜리를 믿는 수밖에 달리 도리가 없었다. 혜리를 위해 다른 무언가를 해주고 싶어도 동주는 몇 시간 뒤 여행선에 탑승해야만 했다. 그럼 혜리와는 영영 이별이었다.

그런데 혜리가 뜻밖의 선택을 했다. 정말 이럴 줄은 몰랐다. 동주는 이른 새벽 혜리 몰래 주차장으로 잘 빠져나온 줄 알았다. 주차장에는 보안요원이 기다리고 있었다. 그런데 보안요원 옆에 혜리가 서 있었다.

"뭐해, 빨리 오지 않고!" 혜리가 손을 흔들며 소리쳤다.

보안요원은 어깨만 으쓱거렸다.

동주는 여행선 좌석에 앉아 있는 지금까지도 혜리가 무슨 생각을 하고 있는지 도무지 종잡을 수가 없었다. 공항으로 오는 내내 보안요원이 붙어 있으니 물어볼 틈도 없었다. 보안요원은 혜리가 단잠별의 비밀을 알고 있다는 사실을 모르는 게 확실했다. 보안요원에겐 동주가 혜리를 속여 동반 자살을 하려는 것으로 비쳤을 것이다. 이게 자살이 아니라면 무엇이겠는가.

속이 뒤틀리고 현기증이 났다. 여기저기서 들려오는 여행객들의 수다가 동주의 두통을 한몫 거들었다.

"이렇게 재밌게 즐겼는데 왜 우린 사라지지 않은 거야?"

여행객들의 웃음소리와 함께 여행선이 움직이기 시작했다.

절망적이었다. 이제 늦었다. 다 끝났다. 동주는 옆자리에 앉아 있는 혜리를 차마 쳐다보지도 못한 채 중얼거렸다.

"미안해."

혜리는 동주의 왼손을 꽉 움켜쥐었다. 동주는 그게 혜리의 대답이라고 생각했다. 미안했고, 고마웠다. 동주는 자신의 노력이 조금이나마 이해받은 기분이 들었다. 그리고 어쩌면 혜리는 지금 이 순간 자신의 꿈을 이루고 있는지도 모른다고 생각했다. 가장 행복한 순간에 꿈결처럼 사라지는.

동주는 조용히 두 눈을 감았다. 곧 수면 장치도 작동될 것이다.

"야, 은동주!"

동주는 눈을 번쩍 떴다. 동주만 들을 수 있는 아주 작은 소리였지만 혜리의 목소리는 어느 때보다도 단단했다.

"정신 똑바로 차려. 두 눈 부릅뜨고, 절대 잠들지 마."

혜리의 그런 얼굴은 처음이었다. 죽음을 맞이하는 얼굴이 아니었다. 체념한 얼굴도 아니었다. 곧 수면 장치가 작동되면 모든 게 끝장이라는 걸 알 텐데 혜리는 오히려 살짝 웃고 있는 것처럼 보이기도 했다. 혜리가 다시 입을 열었다.

"함께 돌아가자, 꼭!"

혜리는 무인 우주여행선의 조종석 쪽을 뚫어지게 노려보았다. 혜리를 따라 동주도 조종석 쪽을 바라보았다. 혜리가 무슨 생각을 하고 있는지 전혀 알 수 없었다. 그런데도 동주는 왠지 혜리의 말을 무조건 따라야 할 것 같았다. '돌아가자, 꼭!' 기분 좋은 소름이 돋았다. 그 말을 듣는 순간 이미 지구에 도착한 기분이 들었다. 여행객들은 벌써 하나둘 잠들기 시작했다. 그래도 동주는 두렵지 않았다. 혜리의 손톱이 동주의 손등을 파고들수록 동주의 정신은 점점 더 맑아졌다. 잠들 리 없었다. 마침내 혜리가 자신의 계획을 들려주었다.

"자, 이제부터." 혜리가 속삭였다. "여행선을 고장 내는 거야!"

*

지구-49-공항 입국장에는 엄청난 수의 인파와 기자들이 몰려들었다. 사람들은 창문에 다닥다닥 붙어 서서 활주로에 멈춘 단잠별 여행선의 처참한 모습을 지켜보았다. 소방관들이 막바지 진화 작업을 서두르고 있었다. 오븐에 바싹 태운 식빵처럼 여행선에선 김이 모락모락 피어올랐다. 다행히 여행객들은 전원 무사히 구조되었다는 뉴스가 공항 대형 전광판을 통해 보도되고 있었다.

마침내 입국장 문이 열리고 생존자들이 공항 안으로 걸어 들어왔다. 돌아온 생존자들은 폭발 직전까지 몰렸던 여행선과는 달리 작은 상처 하나 없었다. 그들은 여느 관광지에서 돌아온 여행객들과 다를 바가 없었다. 깊은 잠에서 아직 깨어나지 못한 여행객은 갑자기 몰려드는 인파에 당황하면서도 기지개를 켜며 하품을 참지 못했다. 저 무한한 우주 한가운데를 하염없이 표류하다 극적으로 구조된 자들이라고는 전혀 보이질 않았다. 당연히 감격의 눈물이나 생사를 넘나들었던 모험담 따위도 기대할 수 없었다. 그들은 자신들의 표류에 대해 아무것도 몰랐다. 정확한 사고 경위는 블랙박스를 열어보는 수밖에 없었다.

청색 제복을 입은 지구-49-공항 직원은 생존자들을 공항 밖에 대기하고 있는 셔틀로 안내했다. 생존자들은 당분간 정부가 제공한 거처에서 지내야 했다. 그리고 그곳에서 자기도 모르는 사이 겪었던 끔찍한 사건 브리핑을 듣고 나면 생각만으로도 골치 아픈 천문학적 금액의 집단 소송에 돌입하게 될 것이었다. 30년 전 혜성 충돌로 폭발해 버린 단잠별에선 어떤 손해배상도 받을 수 없을 터였다.

지구-49-공항 직원은 손에 든 태블릿 화면을 확인했다. 이제 생존자 명단에 단 두 사람만 남아 있었다. 직원은 인내심 있게 기다렸다. 그렇게 또 한참이 지났다. 마침내 한 쌍의 노부부가 입국장을 걸어 나왔다. 그들은 아주 느린 걸음으로 직원에게 다가와 섰다.

"은동주 님? 신혜리 님?"

직원의 물음에 둘은 고개를 끄덕였다. 둘은 서로의 몸에 의지해 겨우 넘어지지 않는 고목처럼 보였다. 다른 여행객과 달리 무척이나 피곤한 얼굴이었지만, 입가의 부드러운 미소는 직원마저 따라 짓게 만들었다.

"여행은 즐거우셨나요?" 직원이 물었다. "모르시겠지만 큰일 날 뻔하셨어요."

"괜찮아요. 돌아왔으니까요." 노부인이 해맑게 대답했다.

그 옆에서 노부인의 부축을 받는 남편도 같은 얼굴로 고개를 끄덕였다. 그러고는 직원이 태블릿 화면에 최종 확인 사인을 하는 모습을 물끄러미 지켜보았다.

"다 끝났습니다. 어서 돌아가서 푹 쉬세요."

노부부는 고맙다는 말을 남기고 뒤돌아 걷기 시작했다.

노부인의 목소리가 너무나 천진해서 직원은 저도 모르게 미소를 지었다. 그리고 그들의 뒷모습을 보며 생각했다.

저들은 저 나이 때까지 얼마나 많은 일을 겪었을까? 그 많은 일을 겪고도 어떻게 여전히 함께 일 수 있을까? 저들은 언제부터 함께였을까? 나도 저들처럼 할 수 있을까? 나도 저런 인연을 만날 수 있을까?

역시, 겪어보지 않고는 알 수 없는 일이었다.

직원은 진심으로 그들을 위해 기도했다.

'부디 이번 여행이 그들의 마지막 여행이 아니었기를. 다음 번엔 훨씬 더 즐거운 여행이 기다리고 있기를.'

RE
CAP
TURE

# 탈환

초판 1쇄 발행 2025년 2월 19일

지은이 이동은
펴낸이 최윤영 외 1인
펴낸곳 에디스코
편집주간 박혜선
디자인 최성경

출판등록 2020년 7월 22일 제2021-000220호

전화 02-6353-1517
팩스 02-6353-1518
이메일 ediscobook@gmail.com
인스타그램 instagram.com/edisco_books
블로그 blog.naver.com/ediscobook

ISBN 979-11-983433-4-5 (03810)

—